REBELDES CONTRA HITLER

DIRK REINHARDT

REBELDES CONTRA HITLER

COMO JOVENS ALEMÃES, OS PIRATAS DE EDELWEISS, TORNARAM-SE UMA RESISTÊNCIA ANTINAZISTA

São Paulo, 2023

Rebeldes contra Hitler
Copyright © by Dirk Reinhardt: Edelweisspiraten.
Roman © Aufbau Verlage GmbH & Co. KG, Berlin 2012.
Copyright © 2023 by Novo Século Editora Ltda.

Editor: Luiz Vasconcelos
Gerente Editorial: Letícia Teófilo
Tradução: Sofia Soter
Preparação: Elisabete Franczak Branco
Diagramação: Equipe Novo Século
Revisão: Angélica Mendonça
Capa: Ian Laurindo

Texto de acordo com as normas do Novo Acordo Ortográfico da Língua Portuguesa (1990), em vigor desde 1º de janeiro de 2009.

Dados Internacionais de Catalogação na Publicação (CIP)
Angélica Ilacqua CRB-8/7057

Reinhardt, Dirk
  Rebeldes contra Hitler / Dirk Reinhardt; tradução de Sofia Soter -- Barueri, SP : Novo Século Editora, 2023.
  224 p.

ISBN 978-65-5561-554-8
Título original: Edelweißpiraten

1. Ficção alemã 2. Ficção histórica 3. Guerra Mundial, 1939-1945 4. Nazismo I. Título II. Soter, Sofia III. Laurindo, Ian

23-1172   CDD 833

Índices para catálogo sistemático:
1. Ficção alemã 2. Ficção histórica 3. Guerra Mundial, 1939-1945 4. Nazismo

GRUPO NOVO SÉCULO
Alameda Araguaia, 2190 – Bloco A – 11º andar – Conjunto 1111
CEP 06455-000 – Alphaville Industrial, Barueri – SP – Brasil
Tel.: (11) 3699-7107 | E-mail: atendimento@gruponovoseculo.com.br
www.gruponovoseculo.com.br

Em memória de

JEAN JÜLICH
(18/04/1929 – 19/10/2011)

FRITZ THEILEN
(29/09/1927 – 18/04/2012)

INTRODUÇÃO

Em 2001, eu viajei à Colônia (Köln), na Alemanha, para ajudar a fazer um programa de rádio sobre os Piratas de Edelweiss. Na época, tudo o que eu sabia sobre eles vinha de alguns textos que havia lido: uma mistura de relatos pessoais do que homens velhos tinham dito ou escrito, e alguns artigos acadêmicos bastante complicados que tratavam do que historiadores pensavam desses "Piratas".

Quando cheguei à Alemanha e comecei a conversar com as pessoas, as coisas foram ficando mais claras. Durante a Segunda Guerra Mundial (1939 - 1945), em Colônia e em outras áreas, especialmente no oeste do país, jovens tinham formado grupos, ou gangues. Esses grupos não eram um movimento organizado semelhante a, digamos, os Escoteiros. Na verdade, opunham-se aos movimentos organizados da Alemanha naquela época: a Juventude Hitlerista e a organização feminina, BDM (Liga das Moças Alemãs). Na conversa, ficou claro que, ao longo dos anos do regime nazista, ou do "Terceiro Reich" (1933 - 1945), esses Piratas tinham mudado. O que começara como rejeição à Juventude Hitlerista se tornara mais claramente uma oposição às fanáticas forças armadas especiais do Terceiro Reich – a Gestapo e a SS.

No início, os Piratas gostavam de se reunir informalmente em parques, nos bosques e nas montanhas. Tocavam guitarra e cantavam músicas tradicionais, bem como paródias de músicas da Juventude Hitlerista, mudando as letras para xingar o regime nazista.

Um homem que fora um Pirata nos mostrou o parque onde eles se reuniam, e nos contou que, um dia, viu o pai passar por lá, em um grupo de trabalho forçado. Ele fora preso bem no início do Terceiro Reich, pois era representante de um sindicato trabalhista. Conversamos com ele no mesmo prédio em que seu pai fora detido e agredido pela polícia. Acho que talvez seja o mesmo prédio a respeito do qual você lerá neste livro.

Você também verá por que esses jovens se chamavam de Piratas de Edelweiss. Não vou estragar a surpresa agora. Contudo, alguns detalhes a respeito da Alemanha e da guerra podem ser úteis, se você não souber muito do assunto.

Antes de os nazistas chegarem ao poder, a Alemanha era um país plenamente democrático, que elegia parlamentares de forma semelhante ao Reino Unido. Economicamente, as coisas não iam bem para milhões de alemães, assim como andavam mal na Grã-Bretanha, na França e nos Estados Unidos. O Partido Nazista se tornou o maior partido da Alemanha, mas não maior do que todos os outros partidos juntos, nem do que a soma dos dois partidos de maior oposição, o Socialista e o Comunista. Isso nos mostra que a população comum da Alemanha estava muito dividida quanto à uma saída da dificuldade econômica que o país vivia. Nos primeiros meses de 1933, o líder nazista, Adolf Hitler, e os membros mais seniores do partido – pessoas como Goebbels, Goering e Himmler, nomes que você reconhecerá neste livro – tomaram o poder. Eles decretaram duas leis que efetivaram o papel de ditador de Hitler, transformando a Alemanha em um "estado totalitário". Tudo era governado pelo Partido Nazista e por suas forças armadas militarizadas. O judiciário foi dominado pelos nazistas, e todas as organizações políticas diferentes do Partido Nazista foram banidas. Acabou-se com a liberdade de expressão em jornais, rádios, revistas e livros. O que as pessoas chamam de "terror" foi usado como modo de governar pessoas comuns na vida cotidiana. Simpatizantes do nazismo que o partido considerava confiáveis foram encorajados a espionar as pessoas que poderiam ser "desleais" à "Pátria", como chamavam a Alemanha.

O terror era usado para perseguir as pessoas. Às vezes, era alimentado por argumentos políticos; outras vezes, motivado pelas ideias nazistas a respeito de raça, sexualidade e capacidade física e mental. Uma das razões para a ascensão dessas ideias ao poder era a criação de uma perspectiva da humanidade, em parte política e em parte mitológica, em que o povo que descreviam como "arianos" (pessoas brancas do norte da Europa) seria superior ao restante da população, que incluía grupos em particular descritos como *untermenschen*, ou "sub-humanos": especialmente judeus, pessoas não brancas e racializadas, "ciganos" (Roma, Sinti e outros povos nômades) e pessoas com transtornos mentais severos. Os nazistas também perseguiam aqueles que consideravam ter a sexualidade "errada", especialmente homens gays. De 1933 a 1945, a perseguição, o terror e o encarceramento deram lugar ao assassinato, e depois ao assassinato em massa, ou o que chamamos de "genocídio". Houve uma tentativa calculada, deliberada, científica e industrializada para massacrar todos os judeus e "ciganos" das áreas de domínio nazista, assim como milhões de outros civis no Leste Europeu e na União Soviética. Quando o nazismo finalmente foi derrotado, em 1945, o número de vítimas fatais dessa barbárie era por volta de quinze milhões – além das pessoas que foram mortas ou feridas nos campos de batalha e nos mares onde a guerra foi travada.

Quanto à vida da população alemã comum naquela época, normalmente, quando as pessoas de países opostos aos nazistas escrevem sobre essa época, as atitudes, as atividades e o cotidiano dos germânicos não são o interesse principal. Os bilhões de palavras escritas em geral se dedicam, por exemplo, à ascensão do nazismo ao poder, à perseguição às minorias, ao genocídio, às batalhas, à espionagem, aos bombardeios e aos últimos dias do regime nazista. Muito foi escrito sobre líderes nazistas, especialmente Hitler em si. Já foi dito, de forma bastante cínica e cruel, que, para vender um livro, basta colocar uma suástica na capa. A suástica, como você provavelmente sabe, é o símbolo que os nazistas "pegaram emprestado" da antiga cultura indiana para usar em bandeiras e uniformes.

Enquanto isso, a vida cotidiana na Alemanha tende a ser apagada. Às vezes, são feitas alegações a respeito do que os alemães pensavam do nazismo sem necessariamente oferecer relatos pessoais que sustentem o argumento. É comum que se propague a ideia de que todos os alemães se uniram em apoio a Hitler, às atrocidades nazistas e ao impulso de guerra. Às vezes, os pequenos atos de resistência são mencionados apenas para mostrar que não houve resistência "em massa" ao nazismo. Você verá esses pequenos atos neste livro: a Rosa Branca, e o plano de assassinato de Hitler. Mas os Piratas de Edelweiss não costumam ser mencionados. Por quê?

Acho que isso se dá, em parte, por terem sido muito novos (menos de 21 anos) e também por não terem sido uma força organizada. Eram jovens que sabiam do que não gostavam, sem escrever exigências ou manifestos, nem protestar do modo convencional. Eles viviam a resistência por meio do estilo, da música, da diferença e do não pertencimento. Dito isso, perto do fim da guerra, a situação em Colônia começou a ficar mais séria. Novamente, não quero dar *spoilers* da história que se desenrola neste livro, mas uma indicação da seriedade atribuída pelos nazistas aos Piratas de Edelweiss é o castigo dado a eles: agressão física, detenção, tortura e até acampamentos penitenciários.

Em 1945, quando a guerra acabou, a Alemanha era um país esmagado, derrotado e destruído. Milhões de pessoas passavam fome, e o país foi ocupado por forças estrangeiras (os "aliados" que o tinham derrotado). O território foi dividido em "zonas", que acabaram por se separar em dois lados: a Alemanha Oriental e Ocidental. Para todos os alemães, seguiu-se um esforço mental e social para entender o que acontecera. Como país, o mundo os condenou pelos crimes de genocídio e de incitação à guerra por invasão. Neste livro, você encontrará um senhor que sente que não teve espaço para contar a história de como foi ser jovem e tentar se libertar e se divertir na época do Terceiro Reich.

Espero que você ache a leitura fascinante, comovente e tensa, como eu achei.

Michael Rosen
Novembro de 2020

27 DE NOVEMBRO DE 1944

As imagens ficam marcadas em mim. Não me largam. Faz três dias que assassinaram meu irmão. Mas ainda vejo o ocorrido diante dos meus olhos, a todo segundo.

Tom e Flint não queriam que eu fosse. Tinham medo de que alguma coisa acontecesse comigo. Achavam que talvez a Gestapo pudesse me reconhecer e me capturar. Mas não os escutei. Eu precisava ir. No fim, eles cederam e foram junto comigo, para garantir que, no mínimo, eu não fizesse nenhuma idiotice.

Foi em Hütenstrasse. Onde faz um ou dois meses que pessoas têm sido executadas. Na frente da estação Ehrenfeld.

Quando chegamos, a praça já estava cheia. Curiosos por todo lado, atraídos pelos cartazes. Rostos encobertos, ávidos por escândalo. Nós nos misturamos a eles. Bem na frente da estação, a forca. Duas vigas compridas, apoiadas em uma estrutura. A de baixo para os pés, as cordas penduradas na de cima.

Vi minha mãe mais à frente. Duas mulheres a mantinham de pé. Queria muito correr até ela, mas Tom e Flint me contiveram. Havia espiões da Gestapo para todo lado. Bem ali, discretos. Escutando quem dissesse as coisas erradas. À espreita, ao aguardo de pessoas como nós, na lista de procurados. Ficamos de cabeça baixa e cobrimos a cabeça com o capuz.

Depois de alguns minutos, a SS[1] chegou marchando. Quando os vi empunhando as metralhadoras, todas as minhas esperanças desmoronaram. Secretamente, eu estivera considerando a ideia de resgatar meu irmão. Mas não ia adiantar. Minhas únicas armas eram uma faca e um dos nossos coquetéis molotov mais básicos.

Minha mãe se virou, como se me procurasse. Ela estava assustada, desesperada. Desamparada. Um pouco a contragosto, enfiei a mão no bolso e peguei a faca. Talvez eu devesse ir, pensei. Agora... antes de ser tarde.

Só que então chegou a vagoneta, trazendo os prisioneiros. Vinham com as mãos amarradas nas costas, sentados na parte de trás, que era exposta. Horst estava lá. Usava o uniforme da SS, mas os emblemas de que antes tinha tanto orgulho tinham sido arrancados. Ele foi arrastado com os outros para a forca. Ficou de cabeça baixa ao subir na viga. Um dos homens da SS passou o laço no pescoço dele, e ele só olhava vagamente para o nada.

Na mesma hora, um dos homens da Gestapo leu a sentença de morte. Eu não conseguia aceitar. Só olhava para Horst. Meu irmão! Que sempre fora tão forte. Que eu admirava tanto. Com o laço enrolado no pescoço. No momento em que olhei para ele, ele levantou a cabeça de repente. Como se tentasse me encontrar.

Soltei a faca e peguei a granada. "E se eu a acendesse e jogasse, para explodir no meio da SS?", pensei. Será que entrariam em pânico? Talvez eu conseguisse resgatar Horst no meio do caos, e aí a gente...

Antes que eu tivesse tempo de agir, Tom apareceu. Já devia estar de olho em mim. Provavelmente adivinhara o que eu planejava. Ele segurou minha mão e não soltou mais.

Desmoronei, fechei os olhos. Ele estava certo. Eu sabia, mas não queria que fosse verdade. Ficamos daquele jeito por alguns segundos, até que um murmúrio soou pela multidão. Eu não precisava olhar para saber: a SS tinha começado as execuções. Um a um, os laços da força seriam puxados, os prisioneiros perderiam o equilíbrio na viga e chutariam o ar, debatendo-se contra a morte. O mesmo espetáculo horrendo toda vez.

Quando abri os olhos de novo, Horst ainda estava de pé, mas o homem ao lado dele tinha acabado de ser puxado, então ele seria o próximo. Não aguentei e tentei fugir de Tom. Só que Flint apareceu do meu outro lado. Ele me segurou, cobriu minha boca com a mão e acenou com a cabeça para Tom. Eles me levaram embora.

Por cima das cabeças da multidão, vi meu irmão ser puxado no ar. Ouvi minha mãe gritar. Recuei, querendo me soltar de Tom e Flint, mas eles me seguraram com força, tentando me levar dali antes que alguém nos notasse.

Em certo momento, parei de lutar. Horst estava morto porque nos salvara. Era como se parte de mim tivesse morrido ali.

Tudo começou quando me recusei a deixar alguém ir embora. Será que ele teria ficado por escolha própria? Provavelmente não. Era tímido demais para isso.

———•●•———

Acontecera dois meses antes. Eu estava diante do túmulo do meu avô, pouco tempo depois de sua morte. O céu estava cinzento e triste, e as últimas folhas caíam das árvores. Ali estava eu, com a saudade que ainda sinto. Eu o visitava sempre... antes. Se estivesse passando por alguma dificuldade. Ele era muito tranquilo. Nada o perturbava. Se eu conversasse com ele, o motivo da minha preocupação acabava ficando pequeno, irrelevante, sem importância alguma.

Escurecia aos poucos, e eu estava prestes a ir embora. Foi então que notei um senhor idoso, um pouco perto de mim, diante de um outro túmulo. Não havia nada de especial nele, mas eu fora ao cemitério na semana anterior, e na outra antes daquela, e, toda vez, ele estava naquele mesmo lugar. Prestei mais atenção e vi que ele mexia a boca, como se conversasse com alguém – mas não havia ninguém por perto, apenas a lápide a seus pés.

Notei outra coisa: ele me olhava, e não prestava atenção em mais ninguém. Sempre que levantava a cabeça, olhava só para mim, e nunca em outra direção. Eu não sabia como interpretar o gesto. Era um pouco esquisito.

Depois de um tempo, ele deu meia-volta e se foi. Ao vê-lo indo embora, de repente senti que devia perguntar por que estava agindo assim. Normalmente isso não seria do meu feitio, mas, naquele dia, senti o impulso e, antes que passasse, corri atrás dele. O caminho até o túmulo que ele visitara era longo, mas ele andava muito devagar, com passos curtos, tateando o caminho com cuidado, então logo o alcancei.

– Licença! – exclamei.

Ele parou e se virou.

– Licença – eu disse de novo. – Nós nos conhecemos, por acaso?

Ele me olhou, incerto.

– Não. A-acho que não.

– É que... o senhor não parava de me olhar. Então achei que talvez eu só não o estivesse reconhecendo.

– Ah! – disse ele, parecendo constrangido. – Você notou, então?

– Não é bem que notei, mas imaginei.

Ele se aproximou, hesitante.

– É verdade, sim, eu olhei para você. Estava me perguntando por que um rapaz jovem assim vem tanto aqui. É a terceira vez que o vejo. Você deveria, não sei... estar jogando futebol, alguma coisa do tipo.

Então era isso; ele estivera curioso. Ou será que havia mais alguma coisa ali? Quando olhei para ele, não consegui ignorar a sensação de que só me dissera metade da verdade. Ele desviou o rosto e se virou, como se tivesse a intenção de ir embora... mas acabou não indo. Um silêncio constrangedor se instalou. Para interrompê-lo, apontei para o túmulo perto de nós.

– É... um parente seu?

– É, sim – disse ele. – Meu irmão. Hoje faz sessenta e sete anos que ele morreu.

Olhei melhor para a lápide. "Horst Gerlach", dizia. E, abaixo do nome, as datas: "18/02/1925 – 24/11/1944". Foi então que notei: era o dia 24 de novembro!

– Ele morreu na guerra? – perguntei.

– Não. Foi assassinado.

Achei estranho o jeito que ele disse aquilo, e me perguntei se todo mundo que morreu na guerra não fora "assassinado", pelo menos de alguma forma.

– É uma longa história – disse ele, conforme não respondi. – Mas pode ser interessante. *Especialmente a você*!

Eu não estava prestando muita atenção. Perto da lápide do irmão dele havia três velas vermelhas, todas acesas, e também flores. Flores brancas.

– Se quiser ouvir, eu posso contar – continuou ele. – Que tal? Você pode vir à minha casa.

Hesitei. Nós não nos conhecíamos. Por que ele me convidaria para ir à sua casa? Eu devo ter ficado bem chocado, porque ele fez uma careta.

– Não – disse ele, apressado. – Não, foi besteira minha. Esqueça, tá?

No momento seguinte, ele se virou e foi embora. Não era o que eu queria que acontecesse. Levantei a mão, querendo chamá-lo, mas aquele impulso repentino que me fizera ir atrás dele já tinha desaparecido. Eu fiquei observando-o caminhar até perdê-lo de vista, e fui embora também.

Na volta para casa, não conseguia parar de pensar em uma coisa específica. Ele tinha dado tanta ênfase. Como assim, a história interessaria *especialmente a mim*?

12 DE MARÇO DE 1941

Finalmente aconteceu. Fazia meses que a tensão ia se acumulando, e hoje explodiu com tudo. Eu, Tom e a galera caímos na briga com o pessoal do Morken, e dava para ouvir a pancadaria até do outro lado de Colônia. Ainda estou todo roxo. Mas tudo bem: o pessoal do Morken está pior.

A situação estava se agravando havia meses. Mais de ano. Desde o início da guerra. Muitos dos líderes mais velhos da Juventude Hitlerista entraram no exército como voluntários. Desde então, a gente recebe ordens dos Líderes de Pelotão, que só têm 14 ou 15 anos, pouco mais que nós. Mas eles são todos da escola particular. Não tem nada disso de todo mundo na JH ser tratado igual e ter as mesmas chances, é tudo história para boi dormir. A gente aprende logo. Nunca sonhariam em colocar um de nós, meninos comuns de Klarastrasse, na posição de líder. No fim, sempre escolhem os garotos das escolas chiques, com pais ricos.

Eles nos detestam. Aos olhos deles, somos a ralé, uns vagabundos, e eles não se misturam com nossa laia. Então maltratam a gente até não poder mais na Juventude Hitlerista (JH). Morken é o pior deles. O pai dele é um ricaço dono de fábrica, membro do Partido certo. Morken é Líder de Pelotão há alguns meses, e se acha um generalzinho. Faz a gente passar horas em sentido, ou se arrastar pela lama na chuva. Nas noites de treino, a gente precisa ler redações, e ele e os capangas riem de como a gente é burro. Nunca perdem uma oportunidade de mostrar que são melhores que a gente.

É por isso que não aguento mais as tarefas da JH. Antes da guerra, era melhor. Mas agora é só marchar, fazer fila, exercício, mais fila, marchar de novo. Sempre a mesma coisa. E quem erra os exercícios recebe castigo: precisa fazer o circuito carregando equipamentos, que nem no exército. Morken vive arranjando novas pegadinhas sujas, e claro que são sempre com a gente, nunca com o pessoal dele.

É para a gente aprender "virtudes militares", mas é a última coisa que eu, Tom e o restante da nossa galera queremos. A vida é só exercício e obediência de qualquer jeito: em casa, na escola, no trabalho. A gente recebe ordens e é pau-mandado de todo mundo. Não precisamos de mais disso.

O pior de tudo é o papo de "morte de herói". Meu pai foi morto na guerra no ano passado. O velho do Morken nem vai para a luta, nem os pais dos outros meninos ricos. Eles sabem se safar do serviço. Aí Morken aparece na noite de treinamento e fala sem parar que não tem nada de mais belo do que morrer como herói pelo país, pelo Führer e pela Pátria. Com aquela carinha de zoação! Toda vez quero moer ele no soco.

Enfim, há uma ou duas semanas, comecei a faltar. Como eu e Tom fazemos tudo juntos, ele faltou também. A gente inventava desculpas para não aparecer. É claro que todo mundo sabia que era mentira. Morken ficou roxo de raiva de ter perdido suas vítimas preferidas.

Um dia desses, chegou uma carta de advertência pelo correio. Haveria "graves consequências" se a gente não se apresentasse imediatamente. Como não conseguíamos mais inventar desculpas, fomos hoje.

Era o que Morken estava esperando. Era a praia dele, claro. Mandou a gente se arrastar pela neve lamacenta como castigo por ter matado o treino. No entanto, a gente já tinha decidido que não faria papel de bobo de jeito nenhum, então nos recusamos.

Morken ficou atônito. Recusar a obedecer é o pior crime na JH. Se a gente matasse nossa mãe, não dariam a mínima, mas insubordinação dá rua. Ele repetiu a ordem, e a gente se recusou de novo. Então ele mandou o pelotão inteiro pegar a gente na pancada. Na verdade, isso vai contra as regras, mas ainda acontece de vez em quando.

Só que a coisa não se desenrolou como Morken planejava. Os garotos da nossa rua se voltaram contra ele. Por isso, em vez de ficarem todos contra nós, rolou uma pancadaria generalizada entre a ralé e o povo do Morken. Todo o ódio acumulado extravasou. Ninguém se preocupou com a JH, com os postos, com as ordens, nada disso.

A vingança é mesmo docinha à beça. A gente estava sonhando com isso havia meses, e finalmente rolou.

15 DE MARÇO DE 1941

Hoje, Tom e eu tivemos que ir encontrar o Jungstammführer, por causa do que aconteceu quarta-feira. É claro que a JH não ia simplesmente engolir isso. Especialmente porque a história se espalhou.

Quando chegamos, Morken já estava lá. Ele explicou o que tinha acontecido. Foi a maior enrolação, é claro. Parecia até que Tom e eu éramos criminosos graves, no mínimo assassinos. Depois, a gente também podia se pronunciar, mas nem quisemos. Ninguém teria acreditado na gente, de qualquer maneira.

O Jungstammführer, um cara engraçado e branquelo, dois ou três anos mais velho que a gente, escutou tudo. Parecia que ele queria principalmente evitar escândalo. Provavelmente porque sabia que, na real, pancada como castigo vai contra as regras. Enfim, ele acabou decidindo que a gente tinha que pedir desculpas oficialmente para Morken e o pelotão. E só.

Tom e eu nos entreolhamos e pensamos a mesma coisa. Pedir desculpas para o Morken? De jeito nenhum! Nem mortos! Então a gente se recusou.

O Jungstammführer, provavelmente achando que tinha sido extrapiedoso, não acreditou. Ele se levantou e deu uma palmadinha em cada um de nós, mas isso só fez a gente ficar ainda mais teimoso e determinado. No fim, ele mandou a gente embora e anunciou que ia pensar em algum "tratamento especial" para o nosso caso.

Quando voltamos para casa, tentamos apostar quem teria a melhor ideia do que fazer com o Morken se déssemos de cara com ele na rua. Fazer ele lamber a neve derretida da calçada? Jogar piche e penas nele? Enfiar os pés dele no cimento e depois largar ele no esgoto? Foi bom a gente não ter dado de cara com ele.

30 DE MARÇO DE 1941

Pronto. Acabou. Tchau, tchau, JH! Já era para mim e para Tom.

Desde a visita ao Jungstammführer, já recebemos algumas advertências "absolutamente finais" que ordenavam que a gente aparecesse para o serviço. Mas não aparecemos. Juramos nunca mais voltar. Nada de se arrastar na lama, de receber ordens de gente que nem o Morken, nem de mais ninguém. Dane-se o que farão com a gente.

Hoje é o último domingo de março, então é hora da cerimônia de formatura. Depois de quatro anos na Jungvolk, os membros da Juventude Alemã fazem o juramento e entram na Juventude Hitlerista. Fica todo mundo lá, ouvindo mil discursos, com archotes na mão. Tom e eu também deveríamos ir, mas não queríamos.

É claro que a gente estava com um pressentimento ruim. Todo mundo diz que largar a JH dá encrenca das feias. Mas quem sabe? Talvez seja só papo-furado. Talvez só queiram botar medo, e não seja tão grave assim. O que podem fazer, afinal? Não podem matar a gente, não temos idade para o exército, não temos nada a perder, e já estamos acostumados a apanhar.

Então, o que sobra?

3 DE ABRIL DE 1941

Ontem foi nosso último dia de aula. Acabados os oito anos de educação obrigatória. Agora Tom e eu temos 14 anos, idade para servir o Führer e a Pátria como parte da força de trabalho.

Estou feliz de ter acabado a escola, e Tom também. Principalmente por causa do Kriechbaum. Faz sete anos que ele é nosso professor. O outro antes dele era tranquilo. A gente gostava dele, ele não era tão rígido. Mas ele foi embora, e ficamos com o Kriechbaum. Deve ter sido lá para 1934.

Tudo mudou com a chegada dele. Primeiro, precisamos aprender a história da vida do Führer de cor. E todo dia precisávamos ajeitar a postura e gritar "Heil Hitler!".

Não levamos tão a sério de início, achamos até meio engraçado, mas Kriechbaum não era o cara certo para piadas. Um dia, no almoço, ele nos fez entrar em formação depois da última aula, e todo mundo precisava fazer a saudação. Só podia ir embora quem fizesse direito, e o restante tinha que fazer de novo. Tom e eu precisamos fazer umas dez vezes antes de finalmente poder ir embora. Mas dois outros garotos da nossa rua, cujos pais não os deixavam fazer a saudação a Hitler, insistiram. Kriechbaum podia fazer o que quisesse, que eles só continuavam lá parados, de boca fechada.

A gente provavelmente teria rido, mas o resultado não foi legal. Dali em diante, Kriechbaum chamava "a gentalha da Klarastrasse" – inclusive Tom e eu – para a frente da sala pelo menos uma vez por semana, e nos dava uma sova na frente da turma toda, quer a gente merecesse ou não. Era garantido.

Levar uma sova não era novidade, se você quer saber. A gente levava dos nossos pais, também. Mas eles pelo menos tinham motivo – ou tentavam arranjar um. Kriechbaum só fazia isso porque a gente era de família trabalhadora na Klarastrasse, e burros demais para saber a saudação a Hitler. Só isso. A gente odiava aquele professor. E, no fim, não gostávamos de mais nada na escola.

Mas agora a gente se livrou daquele cara. É bom. Nada de Kriechbaum! Nada de Morken! Nada de sova, nada de exercício idiota. Tem dias que a gente se sente livre e tranquilo. Que nem hoje.

1 DE MAIO DE 1941

Primeiro de maio! Dia do trabalhador... que piada! Passei três semanas correndo sem parar de uma fábrica a outra, sem resultado algum. Preciso mesmo de dinheiro. Desde que meu pai morreu e Horst foi estudar na Baviera, estamos duros que nem pedra. Dívida para todo lado, mal conseguimos pagar o aluguel. Tom e sua mãe estão na mesma. Então estamos desesperados por um trabalho.

O problema é que ninguém nos quer. Todo o restante da nossa turma conseguiu vaga de aprendiz há séculos. Bom... todo mundo na JH, pelo menos. É bem óbvio. Não vale a pena tentar. Nem falar com a gente eles querem. Parece que a gente transmite peste, sei lá. Estamos começando a entender: é nessa "encrenca" que eles ameaçaram nos meter.

Minha mãe está furiosa. Nos últimos dias, ela tem batido à porta das fábricas que me rejeitaram. Falou que o marido morreu a serviço da Pátria, e que não podem dificultar ainda mais a vida dela e do filho, que ela não vai engolir isso, e que a gente merece tratamento decente. Foi muito corajoso da parte dela, mas não deu em nada.

Então estamos ferrados. E se continuar assim? Se eu não conseguir mesmo trabalho nenhum? O que vai acontecer com a gente?

9 DE MAIO DE 1941

No fim, as coisas se desenrolaram bem rápido. Encontrei uma vaga de aprendiz na Ostermann & Flüs, onde meu pai trabalhava antes da guerra. Fazem hélice de navio lá. "As maiores hélices de navio do mundo", meu pai sempre dizia. Fica bem aqui em Ehrenfeld, na Grüner Weg, perto do nosso apartamento.

Um ou dois dos antigos colegas do meu pai devem ter me recomendado. De qualquer forma, pude encontrar o gerente de RH hoje cedo e assinar meu contrato. Eu estava de bom humor, porque finalmente tinha conseguido um trabalho, mas desanimei logo que cheguei. O jeito que ele me olhou me deu uma sensação bem esquisita, e logo notei que teria que tomar cuidado.

Primeiro, ele me fez ficar de pé, diante da mesa dele. Fingiu que eu nem estava lá, só ficou rabiscando nuns papéis. Finalmente, depois de uns dez minutos, ele se recostou e me olhou de cima a baixo.

– Sabe por que estamos te aceitando, Gerlach?

– Não sei, não.

– Achei mesmo que você não teria capacidade mental de entender. Então vou explicar: estamos te aceitando porque seu pai trabalhou aqui. Trabalhou bem, era confiável. Por muitos anos. É o único motivo. Não tem nada a ver com você, entendeu?

– Entendi, sim.

– Melhor mesmo. Vou só te dizer uma coisa: se você tiver o mínimo respeito pelo seu pai, é melhor tomar tino e não desgraçar o nome dele – falou, me olhando, e sacudiu a cabeça. – Caramba, como aquele homem acabou tendo um filho imprestável como você? Ele merecia algo melhor!

Achei melhor não responder. Ele me deixou na maior tensão, e folheou os documentos antes de voltar a me olhar.

– Sabe por que te chamei de imprestável?

– Não.

– Claro que não! Nem seu nome deve saber direito. Então vou explicar: você é um imprestável porque não está mais na JH. E por que não está?

– Bom, é que teve uma confusão e...

– Cala essa matraca inútil ou vou te jogar na rua e você vai ver onde vai parar! Não pense nem por um segundo que pode se safar de qualquer encrenca só porque seu pai trabalhava aqui! E mais uma coisa: a confusão não aconteceu sozinha. Foi *você* quem a causou. Não foi?

Eu estava feliz por terem me aceitado, e determinado em causar uma boa impressão. Então concordei.

– Eu causei confusão, sim.

– Como é que é? Fala mais alto.

– EU CAUSEI CONFUSÃO, SIM!

Ele deu um tapa na mesa com estrondo.

– Que ideia é essa de gritar assim? Toma cuidado, senão vou te dar um safanão!

Ele me deixou parado ali mais um pouco, e rabiscou nos documentos. Finalmente, pegou um papel e o jogou na minha frente.

– Aqui, idiota, assina o contrato!

Não precisava nem insistir. Ele arrancou o papel da minha mão quando eu ainda estava acabando de assinar.

– Nossa, não sei mesmo por que a gente se esforça tanto em nome de uns imprestáveis como você! Agora, vaza daqui e se apresenta na fundação. E é melhor não aparecer na minha frente de novo, senão vai se ver comigo!

Eu sabia que os aprendizes eram basicamente a escória do trabalho, mas não achei que fosse ser tão ruim. Deixa para lá! O importante é que fui contratado e estou ganhando dinheiro, mesmo que seja pouco. Hoje, caminhando pela rua, senti que as pessoas me olhavam diferente, o que certamente é pura besteira – mas ainda assim foi legal.

14 DE MAIO DE 1941

Aguentei os primeiros dias de aprendiz. Alguns dos instrutores me tratam que nem um pano de chão imundo, mas muitos dos trabalhadores são legais. Especialmente os que conheciam meu pai. Eu me dei bem com eles, os que gostam de mim. Dizem sempre que eu os faço lembrar dele. Pode ser da boca para fora, mas talvez não seja. De qualquer forma, eu gosto de ouvir isso. E os outros podem ir se ferrar.

Um dos caras mais velhos, que era amigo do meu pai, cuida um pouco de mim. Hoje, no almoço, falou que eu não precisava ter medo de não achar trabalho. A JH só quer que gente que nem eu pense um pouco, que a gente tome juízo na dificuldade, mas que, a longo prazo, não podem arcar com menos gente nas fábricas no meio da guerra. Mas é claro que ele me contou isso em segredo.

O trabalho é bem difícil, e demora mais do que deveria. Já estava de noite quando saí da fábrica hoje. Eu sempre volto a pé pela Vogelsanger Sorasse, passando pela Neptunplatz, depois da piscina. Normalmente não tem ninguém por ali nessa hora, mas hoje foi diferente. Tinha um grupo de garotos por lá, mais ou menos da minha idade, ou um pouco mais velhos. Estavam fazendo um estardalhaço, como se a praça toda fosse deles. Parei para olhar de longe, e lembrei que tinha ouvido falar de gente que nem eles quando estava na JH.

As patrulhas falavam deles. Desde o ano passado, os destacamentos andam bem ocupados, porque jovens não podem mais ficar na rua à noite, e é para as patrulhas conferirem. Podem pedir documentos e até dar voz de prisão. Enfim, estavam falando disso na frente da gente, dos mais novos. Do que tinha acontecido na noite anterior, dos seus feitos heroicos, de terem catado uns "caras escusos", um bando de "lixo" e "ralé" das ruas, mandado eles embora.

Na época, Tom e eu nos perguntamos por que esses caras escusos precisavam ser mandados embora toda semana, e por que os guardas da patrulha às vezes acabavam de olho roxo. Até que uns garotos cochicharam com a gente que tinham ouvido outra história: que a patrulha aqui de Ehrenfeld tinha levado uma surra das boas de novo, e por isso não vinham mais para cá à noite; que os caras que atacaram não tinham medo de nada.

Eles fazem piada com o hino à bandeira, por exemplo. É o hino sagrado da JH! Em vez de cantar "A bandeira balança à nossa frente, adentramos o futuro, homem a homem", cantam "O Baldur balança à nossa frente, o Baldur é gordo para um homem". Estão se referindo ao antigo líder da Juventude do Reich, é claro, Baldur von Schirach. Aparentemente, chamam ele – e os garotos que nos contaram cochicharam bem baixinho – de "Bundão von Schirach". Tom e eu não sabíamos se dava para acreditar. Se alguém tentasse isso na JH, teria apanhado para caramba.

Enfim, agora estou me perguntando se os caras da piscina Neptune são eles. A balbúrdia combinava com o que me falaram, e a descrição da patrulha também. Eu adoraria saber!

16 DE MAIO DE 1941

Tom finalmente foi contratado como aprendiz também, poucos dias depois de mim. Ele está treinando para ser caldeireiro na Klöckner-Humboldt-Deutz, do outro lado do Reno. Falei para ele do pessoal que vi na Neptune, e hoje depois do trabalho fomos juntos até lá e ficamos esperando. E, sim! Quando escureceu, eles apareceram de novo. Que nem fantasmas, só os vimos quando chegaram.

De início, a gente se assustou. Mas queríamos muito saber o que eles fazem de verdade, e do que falam. Então chegamos mais perto, nos esgueirando pelas sombras, para eles não notarem. Acho que, na verdade, eles nos viram na mesma hora e riram da nossa cara. E a gente nem notou!

Enfim, a gente caiu que nem patinho. Fomos de fininho até um muro, para podermos nos esconder atrás e escutar a conversa. Eles estavam falando alto o tempo todo, mas, como logo notamos, era só para nos distrair. Porque, com isso, a gente ficou olhando para a frente e não prestou atenção no que acontecia atrás.

Foi daí que veio a voz de repente:

– O que será que esses dois monstrengos estão fazendo? O que acha, Murro?

– Hum! Será que são espiões? – respondeu uma segunda voz, mais rouca e grave que a primeira.

– Espiões? – disse a primeira voz. – Vão levar notícias para a JH, é? É melhor tomar cuidado. A gente precisa ensinar uma lição para eles, né?

Que susto que levamos! Nos viramos, chocados. Dois deles estavam bem atrás de nós. Tinham nos seguido e nos observado o tempo todo, enquanto a gente achava que éramos nós observando eles. O que falou primeiro era do tipo taciturno. Cabelo desgrenhado escuro, quase preto, caindo na cara, e olhos que nem carvão, ardentes e penetrantes. Ele me deu medo. O outro era um cara mais alto e forte, com mãos tão grandes que pareciam pás.

Logo os outros apareceram e nos cercaram, nos olhando, com expressões entre sorriso e hostilidade. Nós nos endireitamos, de costas para a parede. Eu estava com tanto medo que fiquei enjoado.

– Ei, esse aí eu conheço! – comentou alguém, apontando para mim. – Ele já tentou se meter aqui.

O taciturno se aproximou.

– Hum, deram azar, rapazes – disse. – Melhor admitir logo que foram mandados pela patrulha. Aí a gente pega mais leve.

Meu coração estava na boca, e eu não sabia o que fazer. Felizmente, Tom foi mais corajoso.

– Não estamos na JH. A gente largou aquela galera.

Isso os deixou curiosos. O de cabelo escuro se agachou na nossa frente e falou:

– Contem aí, então, rapazes. Mas, se quiserem sair dessa sem quebrar a cara, é melhor a história ser bem boa.

Então contamos tudo a eles: Morken, a pancadaria, o Jungstammführer, que não fomos à cerimônia, tudo.

Fez-se silêncio por um momento, até que um deles, um varapau magricela, andou até o de cabelo escuro e se agachou também.

– O que acha, Flint? – perguntou.

O de cabelo escuro me olhou de frente. Tentei sustentar o olhar, mas não consegui; acabei desviando o rosto.

– Não sei – disse ele. – Pode ser verdade. Já tinha ouvido essa história da pancadaria. Mas eles podem estar inventando o resto.

Tom e eu ficamos ali sentados, como se estivéssemos esperando um veredito do júri. Finalmente, outra voz se pronunciou, mais aguda do que a do restante.

– Eu conheço esses dois. São da Klarastrasse.

Nós nos viramos. Uma garota! Até então, não tínhamos notado garotas no grupo. Ou talvez ela tivesse acabado de chegar. De qualquer jeito, foi bem inesperado. Na JH, nunca nos envolvíamos com a BDM, a Liga das Meninas Alemãs, e a nossa escola também era só para garotos. Acho que ficamos boquiabertos.

– Klarastrasse? – disse o de cabelo escuro. – Bairro chique, hein. Devem ter levado umas sovas do Kriechbaum, não?

Dissemos que sim, toda semana, e todo mundo riu. A tensão relaxou, e eu pensei: quem diria... até o Kriechbaum serve para alguma coisa!

– Você conhece eles direito? – perguntou o de cabelo escuro para a garota.

– Não. Mas acho que eles são tranquilos.

– Ah, Tilly! Você é boazinha demais. Diria que metade da JH é tranquila.

Mas ele deve ter acreditado nela, porque, na mesma hora, perguntou para a gente:

– Se não são espiões, o que estão fazendo aqui?

Nós nos entreolhamos. Tom não disse nada. Era minha vez.

– Queremos nos juntar a vocês – falei, sem pensar, as palavras saindo sozinhas.

O garoto de cabelo escuro pensou por um momento. Então, quis saber de tudo: nossos nomes, nossos pais, onde trabalhamos etc. Respondemos do jeito que deu. Ele se levantou, conversou com o grupo e voltou.

– Por enquanto, de boa – disse. – Mas precisamos descobrir um pouco mais sobre vocês. Voltem semana que vem. Mesmo dia, mesma hora. Por sinal, o que ainda estão fazendo sentados aí? Não é hora de se levantar?

Estávamos tão intimidados que continuávamos sentados, grudados na parede. Nós nos levantamos em um pulo e todo mundo riu da nossa cara. Mas não foi maldade – a gente riu também. Pouco depois, nos despedimos e fomos embora.

Tom queria saber por que eu dissera que queria me juntar a eles. A gente não tinha combinado nada disso antes. Era verdade. Eu não sabia bem o que responder.

Agora, já tive tempo de pensar. Tem alguma coisa nessa galera que eu curto. Eles não falam aos cochichos. Eles olham nos olhos, e não para o chão. Eles fazem besteira e se divertem. Usam roupas coloridas, diferente do uniforme marrom constante da JH, dos ratinhos cinzentos pelas ruas. Parecem meio casuais e... livres. É, acho que a palavra é essa. Eles parecem livres.

Às vezes, me pergunto o que alguém como eu tem a esperar da vida. Sempre o mesmo trabalho enfadonho? Sempre de cabeça baixa? E depois o exército, onde todo dia pode ser o último? Deve ter algo além disso, algo especial, algo que dê sentido à vida. Foi por isso que falei que queria me juntar a eles. É isso que direi ao Tom amanhã, quando a gente se encontrar.

23 DE MAIO DE 1941

Nem sei como aguentei esta semana, de tão nervoso. Não consegui me concentrar em nada no trabalho na Ostermann, e fiz uma bagunça tremenda. E umas duas vezes esqueci de falar "Heil Hitler!" quando precisava ir ao banheiro. Então ontem eu fui mandado para o gerente de RH, meu melhor amigo. Ele tinha me avisado que não queria ver minha cara de novo, então me deu uns tapas. Depois falou que, se acontecesse de novo, iria me demitir.

Mas o restante da equipe falou que eu não preciso me preocupar.

– Não vão te demitir – disse um dos operários. – O pior que vão fazer é te dar uma boa sova e raspar seu cabelo.

Que reconfortante! Acho que preciso me esforçar mais um pouco.

Hoje à noite, Tom e eu fomos à piscina Neptune de novo para encontrar o pessoal. Flint disse que a investigação não revelou nenhuma merda. Parece que somos confiáveis. E nossa história da JH era verdade. Então eles tinham conversado e estavam felizes de nos aceitar.

Mas, quando demos um pulo, ele disse:

– Peraí, peraí! Primeiro, vocês têm que passar pelo teste da iniciação.

– Que tipo de teste? – perguntamos.

– Ah, não é nada. Venham conosco no passeio da Festa do Divino Espírito Santo.

– Aonde vocês vão?

– Logo vocês vão saber. Enfim, vocês vêm. E, se agirem direito – disse, olhando para os outros, que desviaram o rosto e riram –, vão ser aceitos. Combinado?

Aceitamos, é claro. Iríamos a vinte passeios da Festa do Divino Espírito Santo se necessário, fosse o que fosse.

– Legal – disse Flint. – Só mais uma coisa: não vamos aceitar vocês com essa roupa. Vocês precisam vestir alguma coisa melhor para sairmos, alguma coisa mais elegante, sacou?

Primeiro, olhamos para eles e para o restante. Não era difícil entender ao que ele se referia. Nós dois parecíamos dois fiéis seguidores da JH que tinham acabado de tirar o uniforme. Mas ele e o outros têm estilo: camisa quadriculada e bandana colorida no pescoço, jaqueta de couro e cinto com fivela enorme. Alguns usam tiras no pulso e uns chapéus chiques. Ficamos quase com vergonha da nossa roupa.

No caminho para casa, ficamos conversando, tentando pensar em onde arranjar uns trajes daqueles. E no que queriam dizer com iniciação. Mas e daí? Conseguimos. Estamos felizes por eles nos terem aceitado.

27 DE MAIO DE 1941

Flint avisou para mim e para Tom que não podemos escrever nada que exponha a gente e os outros. Nada de nome. Nada de lugar. Nada de onde nos encontramos, nem do que fazemos. Ele diz que, se os nazistas revistarem nosso apartamento, não podem encontrar nada para usar contra a gente.

Tom e eu falamos sobre isso. Parece certo exagero. Por que revistariam nosso apartamento? Somos inofensivos, não somos? Só queremos um pouco de liberdade. Sermos deixados em paz. Não precisar passar duas horas depois do trabalho na JH. É só isso. Não faz mal a ninguém.

E, enfim, aconteceu tanta coisa recentemente, que eu *preciso* escrever! Parece que faz séculos que eu estava na escola e na JH, mas faz só umas semanas. Tudo anda tão rápido. O tempo voa, e às vezes tenho medo de perder o que está acontecendo, de esquecer, das coisas se apagarem se eu não registrá-las.

Quero que fique alguma coisa minha depois. Sempre quis. É por isso que sempre escrevi em folhas soltas de papel, porque era o que eu tinha, mas vivia perdendo. Aí minha mãe me deu este caderno no dia 6 de março, meu aniversário de 14 anos. Aqui, posso escrever qualquer coisa. E escrevo mesmo. Flint não precisa saber.

É claro que tomo cuidado. Escondo o caderno em um lugar seguro. Mesmo que Flint esteja certo, que eles venham ao apartamento e revistem tudo, não vão achar.

Ninguém vai achar.

Nunca.

2 DE JUNHO DE 1941

Semana passada, fui com Tom atrás de roupas novas. Gastamos o salário todo. E ontem finalmente foi a Festa do Divino Espírito Santo! Combinamos de encontrar a galera na estação ferroviária cedinho. Estávamos muito animados, porque queríamos ver o que achavam do nosso estilo.

É claro que eles deram uma zoada, e não estávamos exatamente de acordo com os padrões deles, mas tranquilo. Ficaram satisfeitos. Até Flint.

– Se vocês passarem seis meses sem cortar o cabelo – falou –, aprenderem uma ou duas músicas decentes, e levarem umas porradas da JH, ainda temos esperança.

Parecia um elogio.

Esperamos todo mundo chegar, e fomos. Pegamos o trem até Bonn, seguindo o Reno, e o bonde para Oberkassel. Depois, continuamos a pé, entrando nas montanhas Siebengebirge. Tom e eu nunca tínhamos ido por ali, mas o restante parecia conhecer cada pedrinha do caminho. A trilha era íngreme, até termos vista de Bonn inteira, e do Reno também. Finalmente, chegamos a um lago que chamavam de Felsensee. Ficava bem abaixo da gente, cercado por penhascos pedregosos e escarpados, mas tinha uma trilha para descer até a única parte mais lisa da orla.

Quando chegamos, Tom e eu nem acreditamos. Na nossa frente estava o lago, muito azul entre as pedras. E pela orla inteira tinha gente, dezenas de pessoas. Gente como Flint e os outros do grupo. Gente como a gente?

No momento em que nos viram, vieram nos cumprimentar. Quer dizer, cumprimentar Flint, Murro e Magrelo. Eles parecem ser os VIPs. Olharam meio esquisito para mim e para Tom. Nosso cabelo ainda está no estilo da JH, e algumas pessoas comentaram, mas Flint não gostou. Ele pode até zoar a gente um pouco, mas mais ninguém pode fazer o mesmo. Ele agarrou um dos caras pela gola da camisa.

– Do que está rindo, hein? – perguntou. – Eles estão com a gente, viu? Se quiser se meter com eles, pode falar comigo e com o Murro.

Bastou isso. Ninguém queria encarar eles dois. Depois disso, fomos deixados em paz.

O dia estava quente, e já tinha muita gente na água. A gente suou no caminho, então Flint e Murro tiraram a roupa e mergulharam, e chamaram a gente também.

Olhamos ao redor. Não tínhamos levado sunga. E havia umas garotas na orla, que olhavam curiosas para a gente.

– Ei, Flint, seu babaca! – gritou Tom. – Você não avisou que era para trazer sunga!

– E daí? – gritou Flint de volta. – Sou sua mãe, por acaso? Vocês têm que se virar! Entrem! É parte da iniciação!

Não sabíamos o que fazer. As garotas começaram a rir. Finalmente, um cara do nosso grupo veio ajudar. É aquele que chamam de "Goethe" – que nem o poeta, porque ele é estudado.

– Façam como eu, meus chapas – disse ele, sorrindo. – Fiquem pelados e cubram as partes mais nobres com a mão!

Ele fez exatamente o que disse, e entrou na água. Tom e eu respiramos fundo e o imitamos. Ficamos bem felizes de mergulhar.

Mais ao longe, vimos duas garotas na água, tão peladas quanto a gente. Nossos olhos saltaram.

Flint também as viu, e veio até a gente.

– Vocês vão se acostumar – disse ele. – Ou talvez não. Enfim. Vem, Murro, ao trabalho.

Murro e ele nos atacaram. Passamos uns quinze minutos nos defendendo dos dois, e voltando à superfície para respirar, pelo menos às vezes. Mas a gente ia muito à piscina, então acho que nos viramos bem.

– Nada mal, caras – falou Flint, quando saímos da água e nos secamos. – Espero que sejam fortes assim mais tarde, quando for para valer!

Enquanto isso, mais e mais grupos iam chegando. Muita gente de Colônia, de outras partes da cidade. E também de Düsseldorf e Wuppertal, e até de Essen e Dortmund. Mas, de onde quer que viessem, dava imediatamente para notar que estavam com a gente, por causa das roupas e do cabelo, mais comprido do que o normal, "no estilo dos homens livres", como descreveu Goethe.

Mais tarde, fizemos uma fogueira e preparamos batata e carne. Tudo era compartilhado. Todo mundo contou histórias da própria cidade: das patrulhas, por exemplo, dos últimos truques sujos e de como se defender; de como encarar agressão no trabalho, ou de como evitar a polícia. Todo mundo tinha problemas diferentes, mas, ao mesmo, tempo eram meio parecidos. Tom e eu ficamos ouvindo, impressionados com a quantidade de gente que tinha os mesmos problemas que a gente. Dava para conversar por horas!

Quando escureceu, alguns pegaram violões, e aprendemos algumas das músicas das quais tínhamos ouvido falar. A maioria tira sarro da JH. Uma começa: "Orelhudo e sem cabelo para raspar, assim que nasce a Jota-Agá". Tom e eu não conseguíamos parar de rir. Outra diz: "Na vala da beira da estrada, jaz a patrulha da Juventude, toda roxa e esmurrada, nós gritamos, à deriva, Piratas de Edelweiss, viva!".

É assim que todo mundo lá no Felsensee se chamava: Piratas de Edelweiss. À noite, ao redor da fogueira, Flint explicou o motivo.

– Piratas são livres – disse ele. – Navegam para lá e para cá, para todo lado. Para onde quiserem. Fazem o que bem entendem. Ninguém lhes dá ordens. E a flor de Edelweiss cresce bem no alto das montanhas, nas terras silvestres, onde ninguém vai. Não tem como colher, nem fazer mal à flor. Ela é livre e só.

Mais tarde, quando nos deitamos para dormir ali, ao redor da fogueira, senti o que ele queria dizer. Era como se o mundo lá fora, dos nazistas, da guerra e do restante da merda, tivesse desaparecido. Como se só existíssemos nós. Nós e as estrelas. Como se ninguém pudesse nos tocar. Era exatamente o que Tom e eu sempre tínhamos sonhado.

Foi somente de manhã, quando acordamos, que o mundo voltou a se intrometer. Depois do café da manhã, íamos nadar de novo, mas uns dos vigias ao redor do lago vieram avisar que a JH estava a caminho. Perguntei a Flint o que eles queriam. Ele achava que eles deviam saber há tempos que os encontros sempre acontecem ali nesse feriado, e que queriam dar uma geral. Ele não parecia muito surpreso. Devia saber desde o início que eles viriam.

Subimos a trilha correndo e os vimos muito ao longe. Eles subiam a colina na formação de costume, marchando sempre no mesmo ritmo. Nos espalhamos, à espera. Bem acima do lago, no alto do penhasco, encontramos com eles, e a briga começou sem muito papo.

Eles eram numerosos, mais do que a gente, mas deu para notar imediatamente que, exceto pelos líderes – os fanáticos de sempre – não estavam muito envolvidos naquilo. É claro, alguém os tinha arrastado até ali no dia de folga, só para eles entrarem numa pancadaria sem nem saber do que se tratava. Mas a gente sabia perfeitamente bem. Era para eles nos deixarem em paz de vez.

Então não havia dúvida de como acabaria. Mesmo assim, Tom e

eu sentimos medo, de início. Barulho e gritos para todo lado, todo mundo brigando com fervor. Em certo momento, vimos Morken e a galera dele em meio à turba. Alguma coisa nos dominou: tínhamos contas a acertar. Fomos até eles e cumprimos nosso papel na Batalha de Felsensee.

No fim, os garotos da JH tiveram que recuar. Os líderes ameaçaram que, da próxima vez, viriam com a SS, e que nem valeria viver dali para a frente de qualquer forma. Não demos bola. Voltamos ao lago e comemoramos a vitória. O restante do dia foi puro triunfo. A gente se sentia no controle do mundo!

Em certo momento, Flint chamou a gente: eu, Tom, e os outros de Ehrenfeld. Alguns tinham se saído bem mal na briga e estavam sangrando, mas isso não mudava nosso humor.

– Então agora vocês viram o que a gente faz – disse Flint. – Ainda querem se juntar a nós?

Se queríamos?! Mais do que nunca, dissemos.

– Então, tudo certo. Vocês passaram pela iniciação. De agora em diante, são Piratas de Edelweiss!

Acho que Tom e eu nunca sentimos mais orgulho de nada. Na volta para casa, estávamos quase explodindo de alegria.

Isso faz uma ou duas horas, e agora já é madrugada. Mas estou agitado demais para dormir. Provavelmente vou chegar atrasado ao trabalho amanhã, fazer tudo errado, e ser mandado para o gerente de novo. Mas vou aguentar tudo o que ele fizer comigo, e vou aguentar sorrindo.

Ainda não consegui processar bem o que aconteceu. Parece que nunca vivi de verdade até agora.

———•••———

A primeira coisa que notei foi o cheiro. Era uma mistura de desinfetante, fumaça de tabaco impregnada e um odor adocicado do tipo de unguento que velhos passam no peito para tratar da tosse. Era um cheiro desagradável, meio deprimente. Meu primeiro impulso foi dar meia-volta e ir embora.

Até que lembrei quanto esforço fora necessário para chegar lá. Eu não tinha conseguido parar de pensar no velho do cemitério. Tinha ido lá várias vezes nos dias seguintes, mas não o vira. Eu tinha medo de tê-lo assustado com as perguntas.

Depois de esperar em vão uma terceira vez, fui perguntar ao zelador do cemitério se ele conhecia aquele homem. Achei que, se dissesse o nome do irmão e onde estava enterrado, o zelador talvez pudesse me ajudar. Tive sorte: o funcionário conhecia o senhor, porque às vezes colocava flores no túmulo em nome dele. Assim, eu soube que o homem se chamava Josef Gerlach e morava perto do cemitério, em uma espécie de pensão para senhores solteiros. Foi para lá que me dirigi, e onde parei no saguão de entrada, tentando me acostumar ao cheiro estranho.

Um homem sentado dentro de uma guarita de vidro me chamou.

– Quem quer visitar? – perguntou.

– O sr. Gerlach.

– Josef Gerlach?

– Isso.

Ele indicou para a ponta oposta do saguão.

– Pegue aquele elevador ali. Terceiro andar, apartamento 309. E faça silêncio... é hora do cochilo da tarde!

Segui as instruções. Tinha duas pessoas idosas entrando no elevador. Como eu não quis entrar junto, esperei no saguão. As regras da pensão estavam expostas na parede: letras pretas em fundo vermelho, em três colunas apertadas. "O que eu estou fazendo aqui?", me perguntei.

Fiz o mesmo questionamento no caminho, e pensei no meu avô, especialmente na última vez em que nos vimos, antes de sua morte repentina e inesperada. Várias vezes, ele começara a me contar uma história, um causo da infância que lhe parecia muito importante, mas eu pensava em meus próprios problemas e não tinha interesse em ouvir. "Fica para a próxima", eu dizia. E a próxima nunca veio.

Sempre que pensava nisso, eu me sentia mal. Ele queria *me* contar, e talvez a mais ninguém. Porque era importante para ele que eu soubesse. E eu não tinha escutado. Provavelmente aquele era o motivo para eu ir ao túmulo dele, e provavelmente também para eu estar ali naquele momento, visitando aquele senhor. Porque, no cemitério, quando ele me convidara, eu vira nos olhos dele a expressão do meu avô quando queria contar uma história. Deve ser isso: é raro ter a oportunidade de recuperar uma chance perdida.

Precisei esperar muito pelo elevador, que era lento e levava bastante tempo em cada andar. Quando saí no terceiro, não tinha ninguém à vista. Desci o corredor em busca do quarto certo. O ambiente era meio sufocante, mas eu não sabia bem por quê. O carpete, o papel de parede, os quadros – tudo era de bom gosto, e combinava. Talvez fosse isso mesmo: tentavam fazer o lugar parecer agradável, sendo que na verdade *não era* agradável.

Finalmente encontrei o 309. Fiquei um tempo no corredor, sem ousar bater à porta. O que eu diria ao senhor? Talvez fosse má hora, e tudo fosse uma bobagem constrangedora. Talvez ele tivesse me esquecido, nem soubesse quem eu era.

Mesmo assim, bati. Levou um tempo para eu ter resposta.

Primeiro, ele entreabriu a porta, e finalmente abriu inteiramente. Era mesmo o velho homem, parado à minha frente. Ele me olhou com surpresa, e sorriu.

– Entre – disse.

Acho que ficou feliz com a visita.

22 DE JUNHO DE 1941

Foi a primeira coisa que ouvimos quando voltamos do fim de semana hoje: começou a guerra contra a Rússia. Algumas pessoas esperavam isso havia séculos, mas nunca queríamos acreditar que era verdade, então a notícia foi bem chocante.

Ainda não sentimos muito da guerra. Quando começou, há dois anos, todo mundo ficou com medo, sem saber o que ia rolar. Mas quase nada mudou. Só não dá para comprar comida sem cartão de racionamento, mas, se você não fizer besteira, dá para viver de boa com a comida racionada. E também não podemos ouvir rádio estrangeiro... é "crime radiofônico". Mas muita gente ouve mesmo assim, em segredo, quando o vigia não está por perto. Lá perto de casa chamam a BBC de "Rádio Nippes", de brincadeira, porque Nippes é um bairro tão distante em Colônia que parece até um país estrangeiro.

E tem o blecaute. Todo mundo tem cortinas pretas nas janelas, e é preciso fechá-las quando escurece. Dá encrenca se esquecer. E mais encrenca ainda se esquecer de novo. Pode ser visto como sabotagem, tentativa de atrair aeronave inimiga. É por isso que apagam as luzes da rua à noite. Os postes e as vitrines ficam apagados, e até os carros têm que cobrir o farol.

Mas nada disso é grave. Não vemos ninguém ser morto ou ferido. Isso acontece só no front, que fica bem longe daqui, lá do outro lado da colina. Ninguém fala muito das batalhas. A gente só ouve os relatórios de vitória no rádio. E dá para comprar revistinhas na banca sobre os feitos heroicos de soldados alemães, que nem as histórias antigas de caubói.

Mas agora as coisas não serão mais tão tranquilas, é o que dizem alguns dos homens mais velhos. A Rússia não é a Polônia. Não é a França. O país é muito grande, a gente não tem como ganhar. E é preciso tomar cuidado, senão o tiro vai sair pela culatra. É burrice comprar briga com todo o mundo de uma vez. Claro que só dizem isso aos cochichos, e se não tiver nenhum desconhecido de olho.

A gente passou um tempo hoje à noite só à toa. Flint e Murro estavam lá, e também Goethe e Magrelo, Tilly e a amiga, Floss. E Tom e eu, é claro. A graça da viagem tinha acabado. Porque uma coisa agora é certa: a guerra ainda vai continuar. E quem sabe o que os mandachuvas vão inventar? O que podem fazer com gente que nem a gente?!

9 DE JULHO DE 1941

Na verdade, é melhor não se preocupar tanto. É verão, e quem sabe quantos verões ainda teremos pela frente? Tom e eu estamos felizes de termos encontrado o restante da galera, e de terem deixado a gente entrar para o grupo deles. A gente se encontra quase toda noite. Sempre na rua, é claro. A gente já respira muito ar abafado no trabalho, e em casa não tem espaço. A gente precisa sair, mesmo que seja ilegal. Ou, melhor, exatamente *porque* é ilegal!

Por muito tempo, a gente se encontrava na Neptune e agíamos lá como se estivéssemos sozinhos no mundo. Nem pensávamos nas patrulhas. Achávamos que estávamos livres deles, depois de Flint e dos outros os terem chutado para fora de Ehrenfeld naquela época.

– Foi culpa deles – disse Flint para mim e Tom um dia. – Não nos deixavam em paz. Viviam nos pedindo que mostrássemos os documentos. Começaram a encher nosso saco e tal. Uma noite, passaram do limite. Precisaram mostrar pra gente o que valiam. Então, nada mais justo do que a gente se defender, né?

Pronto, pensamos, a gente sabe o que Flint considera legítima defesa! De qualquer jeito, por muito tempo a gente sentiu segurança, e parou de se atentar ao perigo. Então foi uma surpresa e tanto quando a patrulha apareceu há duas semanas. Provavelmente por causa do que rolou em Felsensee.

Era tarde, já estava escuro, e estávamos nos preparando para ir embora. De repente, eles apareceram. Todos muito mais velhos do que a gente, e um grupo com mais do que o dobro de integrantes do nosso. Que bom que estavam com aquelas botas pesadas – a aparência é impressionante quando marcham pelas ruas, mas dá para ouvir a dois quilômetros de distância.

A gente nem hesitou, só saiu correndo, se espalhando, para eles terem que decidir quem perseguir primeiro. A maioria dos invasores foi atrás de Flint e Murro, porque tinham birra com eles, mas Tom e eu também fomos perseguidos. A gente foi se esgueirando pelas ruelas e, como conhecemos todos os atalhos na nossa área, acabamos escapando.

Felizmente, não pegaram mais ninguém – nem Goethe, que é o mais lento. Mas foi por pouco, então decidimos que era melhor não nos encontrarmos mais na piscina. Eles agora já conhecem bem a praça, e é uma área muito aberta, não tem esconderijo. Por isso, preferimos nos encontrar em um parque. Tem o Stadtgarten em Venloer Wall, se quisermos ficar por perto, ou podemos ir até o Volksgarten.

Esse segundo é o nosso preferido. Tem centenas de cantinhos escondidos entre os arbustos, com bancos, canteiros, e tudo de possível em um parque desses. Em geral, tem grupos de outros cantos da cidade também, cada um no seu canto. A gente posta vigias nas entradas. Se virem patrulha ou polícia, pegam a bicicleta e vêm avisar. Aí a gente escapa, espera a barra ficar limpa, e volta mais tarde.

Sentimos segurança no Volksgarten. É nosso próprio pequeno Reich. Os soldados da patrulha não são espertos de pegar a gente lá. Quando aparecem, a gente já vazou. E, quando eles vão embora, a gente volta. É sempre assim. Esses dias, a gente quase fica triste se eles não vêm. Dá até saudade.

É muito divertido, uma bela brincadeira. Queria que este verão não acabasse nunca!

25 DE JULHO DE 1941

A gente virou um grupo bem íntimo. Somos dez, e hoje decidimos que, por enquanto, é o suficiente. Quanto mais gente tiver, maior o perigo de alguém dedurar. Ou de alguma outra idiotice acontecer.

Tentamos ser o extremo oposto da JH. Por isso, não temos líder. Ninguém dá ordens, ninguém tem que obedecer. Mesmo assim, Flint é meio especial. Como se fosse nosso capitão. É daí que vem o nome dele: do capitão Flint, de *A ilha do tesouro*. Tem uma coisa meio sinistra nele. Por isso, de início, eu tinha medo dele de verdade. Mas não mais. Agora, eu o admiro. Porque ele não recebe ordens. Sempre faz o que acredita ser certo. Sempre sabe o que fazer. Eu queria ser assim.

Não sei o nome de verdade de ninguém, nem do Flint. A gente só usa nomes de pirata no grupo. Os nomes de registro não são importantes, porque vêm de outra vida. Além do mais, assim não tem problema se alguém escutar nossa conversa, porque não vão saber quem somos.

O melhor amigo do Flint é o Murro. Gosto dele, mas a gente mal se fala. Ele é caladão, e tem o tamanho de um urso. Foi que nem uma fortaleza na batalha de Felsensee. Ele se vira como operário. Tilly diz que ele morava em um orfanato, porque os pais morreram jovens. Diz que Flint o tirou de apuros uma vez, e agora o Murro o ama que nem um irmão. Ela não sabe qual foi a situação, porque eles não falam do assunto. Mas uma coisa se sabe: se alguém se meter com o Flint, vai precisar encarar o Murro. E vice-versa.

Depois de Flint, o mais importante entre nós é o Magrelo. É

ele quem mais sabe dos nazistas, de tudo envolvido. O pai dele era comunista, como o restante da família. A maioria não está mais por aí, porque foi presa. Mas ele aprendeu muito. Se eu ou Tom queremos saber qualquer coisa de política, perguntamos para o Magrelo. Ele só tem um ano a mais que a gente, como Flint e Murro, mas é o maior sabichão. Parece totalmente adulto. Não sei o motivo. Talvez seja a altura. Mas não é só isso. Tem alguma coisa a mais.

O caso do Goethe é especial. Ele é riquinho demais para fazer parte do nosso grupo, na real, porque o pai dele é professor, e eles têm casa própria e tal. Mas, aparentemente, ele era apaixonado por uma menina do grupo, antes de Tom e eu chegarmos, e, mesmo que ela já tenha ido embora faz tempo, decidiram que ele podia continuar. Porque ele toca violão bem, e conhece muitas músicas, foi o que Flint explicou. É verdade: nisso, ninguém ganha dele. Quando Goethe está por perto, até nossa barulheira parece meio decente. Ele acha praticamente impossível manter nossa ralé afinada, mas não larga a esperança. Ele não serve para brigar com a JH, é fracote demais, então só cuida dos instrumentos.

E tem o Furão. É o único mais novo que Tom e eu, um ou dois meses. Ele tem esse apelido porque é pequeno e tem a cara pontuda. A família dele é ainda mais pobre que a dos outros – e olha que isso não é pouca coisa. Umas duas semanas atrás fui à casa dele. Ele mora com a mãe e os irmãos em um chiqueiro. Mas o que gosto nele é o seguinte: ele não se deixa abalar. Por nada. Muito pelo contrário: se a gente estiver desanimado, é ele quem melhora nosso humor. É esquisito. Não sei de onde ele tira forças.

Tilly foi a primeira garota que conhecemos no grupo, quando ela nos ajudou lá na Neptune. Ela é da Philippstrasse. Lembro que Tom e eu brincamos com ela uma vez ou outra quando crianças, mas depois a gente se perdeu de vista. Ela trabalha de costureira aqui em Ehrenfeld, faz uniformes de inverno para o exército. Acho que a mãe dela não gosta que ela ande com a gente, mas também não a proíbe. Não que fosse adiantar, conhecendo a Tilly. Ela não obedece a ninguém.

A melhor amiga dela é a Floss. Elas frequentam juntas a piscina do Clube de Natação dos Trabalhadores. É a única que consegue debater com Magrelo. A família dela não é de comuna, é de socialista. Mas também não sobraram muitos. Ela mora com a mãe e dois irmãozinhos, de quem cuida. Gosto dela, e Tom gosta ainda mais. Ela é desaforada, e muito desbocada. Acho que é a única entre nós que tem o respeito até do Flint.

Tem também a Maja. Dela, não sei muita coisa. Só que ela mora com os avós e trabalha na linha de produção em uma fábrica de enlatados. Não sei quem eram os pais dela, nem o que aconteceu. Ela não fala disso. Não fala nada, é bem tímida. Provavelmente porque tem lábio leporino. Sei que ela gosta de música, gosta que Goethe toque violão, e gosta de tocar depois dele. De resto, ela fica quieta. Como se tivesse alguma coisa dentro dela que não pudesse expor. Como se ninguém pudesse saber.

Enfim, é isso: nossos novos amigos. Agora a gente faz parte do grupo, Tom e eu, como se fosse sempre assim, e também perdemos nossos nomes. O de Tom foi fácil. O nome de verdade dele é Karl, Karl Gescher. Mas, desde a escola, sempre chamaram ele de Tom, porque ele parece o menino nas ilustrações de *Tom Sawyer*. O pessoal achou o apelido uma boa e deixou ele manter.

E eu? Me chamam de Gerlo. Não é nada emocionante, mas não tiveram ideia melhor. Não sou capitão, que nem Flint, nem forte, que nem Murro, nem alto, que nem Magrelo. Um nome qualquer para um cara qualquer. Mas estou entre eles. É isso o importante.

3 DE AGOSTO DE 1941

Hoje notei uma coisa esquisita: nenhum de nós tem pai. Bom, quase nenhum. Será que é só por acaso? Ou tem alguma coisa aí?

Alguns perderam os pais há muito tempo. Tom, por exemplo. Mal lembro quando aconteceu, a gente era pequeno. Os nazistas tinham acabado de subir ao poder, marchando por Ehrenfeld com aquelas botas pesadas. Em Berlim, o Reichstag pegou fogo, e os pais de alguns dos garotos da nossa rua sumiram, inclusive o do Tom. Eu estava com ele da última vez que o pai dele voltou. Ele falou de um acampamento chamado Börgermoor, e de repente cantou uma música, com a voz toda trêmula. Falava de soldados da turfeira, que marchavam pelo brejo empunhando pás, e só queriam voltar para casa, para a família. No fim, ele estava chorando. No dia seguinte, precisou ir embora de novo, e nunca voltou.

Meu pai durou mais uns anos, até a guerra. Ele foi convocado logo no começo e precisou ir à Polônia. Toda semana recebíamos um cartão-postal. Ele dizia que estava bem, e que logo voltaria. Sempre a mesma coisa. Nunca dizia o que estava acontecendo de verdade. Quando acabou a campanha, ele precisou continuar na Polônia. Mesmo quando estourou a guerra com a França, ano passado.

Foi quando todo mundo ficou com medo. França! Tomara que não seja como a outra guerra, pensamos. Aí tivemos notícias de uma vitória depois da outra. Em poucas semanas, tinha acabado: Paris ocupada, França derrotada. As pessoas comemoraram na rua. Foi dia 22 de junho. O mesmo dia em que eu e minha mãe soubemos que meu pai tinha morrido na Polônia, lutando contra rebeldes. Ficamos lá sentados com os cartões-postais dele, ouvindo a multidão comemorando lá fora. Parecia que o mundo todo estava rindo da gente.

Hoje em dia, sei que não somos os únicos. Com Floss e Magrelo aconteceu o mesmo que com Tom: os pais desapareceram logo no início. Tilly e Furão são como eu: os pais morreram na guerra. Flint, Murro e Maja eu já não sei, mas os pais não estão por aí. O único que ainda tem pai é Goethe, mas ele é diferente da gente de muitos jeitos.

A patrulha chama a gente de "ralé antipatriota sem pátria". Até agora, isso me fazia rir, ou me irritava, dependendo do meu humor. Só que notei que não estão errados. Pelo menos não completamente. "Ralé sem pátria... sem pai"... somos nós!

19 DE AGOSTO DE 1941

Recentemente, a patrulha mudou de tática. Parece que se adaptaram. Os soldados começam atravessando o Volksgarten para assustar a gente. Aí somem de novo – mas é só o começo. Assim que voltamos e nos sentimos seguros, eles soltam a polícia. Umas duas vezes, vieram se esgueirando pelos arbustos e nos pegaram de surpresa. Pode ser bem perigoso, porque eles andam armados e normalmente estão de péssimo humor.

Agora a gente também já se adaptou e sabe o que fazer. Primeiro, é importante saber com que tipo de policial estamos lidando. São dois tipos: os nazistas de verdade, e os nazistas não tão de verdade assim. Esse segundo tipo é tranquilo. Normalmente a abordagem deles é meio paternal, tentam conversar e botar juízo na nossa cabeça. A gente se faz de tímido, promete voltar para casa imediatamente; nunca, nunquinha, sair de noite de novo; e definitivamente nunca, nunquinha, fazer nada de errado pelo resto da vida. Em geral liberam a gente, e aí vamos direto para o parque mais próximo.

Mas, no caso do primeiro tipo, temos que pensar em outra coisa. Eles sempre querem ver nossos documentos e, se não mostrarmos – e nunca podemos mostrar, porque nunca andamos com documento –, fica mais difícil. Felizmente, temos nossas armas secretas: Furão, Flint e Floss. Eles são imbatíveis no trato com a polícia.

Ontem à noite aconteceu de novo. Estávamos no Volksgarten, de bobeira, brincando com as meninas. A patrulha tinha aparecido e ido embora, então achamos que estava tranquilo. Goethe estava com o violão, e começamos a cantar. Uma das nossas preferidas: "Lá a gente estava, no boteco do Johnny, jogando baralho e virando vinho, Jim Baker, aquele safado imprestável, e Jo, o japonesinho". Bem quando entramos no refrão, um policial apareceu na nossa frente. Ele nos pegou de surpresa, no flagra. E logo de cara deu para ver: era um dos durões!

Ele começou a gritar com a gente na mesma hora. O que estávamos pensando, ao ficar ali à noite, e fazer uma barulheira daquelas? Não sabíamos que era proibido? E onde estavam nossos documentos, por favor?

Primeiro, tentamos as respostas de sempre:

– Documentos? Que documentos?

– Proibido? Como assim?

– O senhor está falando da gente?

Mas não ia funcionar com aquele cara. Ele olhou feio para a gente, e voltou a atenção direto para o Furão. Normalmente pegam no pé dele, porque ele é feio, e acham que podem fazer o que quiserem com ele.

– Ei, você aí! Vem cá, seu rato!

Furão deu um pulo, como se tivesse sido picado por uma tarântula.

– Sim, senhor, sargento!

É claro que o cara não era sargento nenhum, só um cabo qualquer. Mas a gente sempre faz isso com a polícia. Em parte para tirar com a cara deles, e em parte porque alguns ficam mesmo lisonjeados. Alguns. Mas aquele, não, é claro.

– O que vocês estão aprontando aqui? – vociferou.

Furão bateu os calcanhares.

– Estamos ocupados, senhor, sargento, senhor!

– Ocupados, é? Bom, mal posso esperar para saber o que um bando de pés-rapados como vocês pode estar fazendo. Desembucha!

– Permissão para falar, senhor! Estávamos sonhando com a vitória final, senhor, e perdemos a noção do tempo!

Fez-se alguns segundos de silêncio completo. Todos prendemos a respiração. Não sei como Furão consegue, mas ele soa inteiramente sério quando fala essas besteiras. Parece até que vem do fundo do peito. O policial mesmo ficou em dúvida por um momento, mas logo se aproximou mais.

– Ora, preste atenção aqui, moleque! Pare de desaforo! Não seria difícil tratar desse seu tipinho, entendeu?

– Entendido, senhor, sargento! – disse Furão, e bateu os calcanhares de novo, com tanta força que doía no ouvido. – Não seria difícil tratar desse meu tipinho. Obrigado pelo conselho, senhor, sargento!

Enquanto isso, nós cercamos os dois.

– Fala sério, deixe ele em paz – disse Tom, de um lado. – Não viu que ele está todo atrapalhado? Não para de falar besteira!

– Quem vai virar besteira é você – rosnou o policial, olhando para nós, um por um.

Finalmente, ele se deteve em Flint.

– Você aí! – falou, apontando para ele. – É você o líder da patota?

Isso sempre acontece. O que quer que Flint faça, ele acaba se destacando. Dá para ver que é especial. Por sorte, ele sabe lidar com a situação: começa a gaguejar e se faz de bobo. Foi o que fez ontem.

– Q-quê? Eu? S-senhor o-ofici...

Tom deu uma cotovelada na costela dele.

– Ei, ele é sargento! – cochichou.

Flint olhou para ele por uns segundos, como se precisasse pensar, e finalmente se virou para o policial.

– S-senhor s-s-sargen...

A gente mal conseguia conter o riso. Quem não achava graça era o policial. Ele voltou a gritar. A gente precisava mostrar os documentos, por favor! Ele levou a mão ao cinto, onde ficava a arma.

Hora da entrada de Floss! Ela estava atrás dele, então ele não a via, e Tilly e Maja já tinham escapado pelo mato havia um tempo.

– É tudo culpa minha, senhor sargento – disse ela.

Ele se virou. Aparentemente não esperava uma voz feminina.

– Como assim, culpa sua? O que está fazendo por aqui? Não tem vergonha de ser vista no parque no meio da noite com essa gentalha? Sua mãe sabe onde você está?

– É essa a questão. Minha mãe está doente. Precisei sair para comprar remédio para ela. E esses rapazes me acompanharam. Para garantir que nada aconteceria comigo.

Ela fez uma cara totalmente patética. Era nosso sinal. Todos nós começamos a falar, cada um de um lado dele. Qualquer bobeira que viesse à cabeça:

– É isso mesmo. A gente estava acompanhando ela. E o senhor quer nos prender por isso!

– Imagine se ela fosse atacada e a mãe ficasse sem remédio!

– Exatamente! Quer ser culpado pela morte dela?

– Vamos reclamar com seus superiores!

– É um escândalo, esse jeito que o senhor a tratou! Deveria sair no jornal!

– Anos de capacho da Juventude Hitlerista para isso!

– É isso essa tal de comunidade nacional?

A gente tagarelou sem nem respirar por minutos a fio, até ele ficar desorientado. Finalmente, em resposta a um sinal de Flint, saímos correndo, pegamos a bicicleta e fugimos. O coitado ficou tão perdido que não conseguiu pegar nenhum de nós.

Hoje no trabalho, ri pensando nisso algumas vezes. Mas é melhor a gente não exagerar. Não vai funcionar para sempre. E se vier uma tropa inteira da polícia da próxima vez? E se não perderem tempo com papo, e apenas pegarem as armas e algemarem todo mundo? Aí já era para a gente. Vão saber quem somos, onde moramos e onde trabalhamos.

Pois é! Talvez a gente tenha que tomar mais cuidado. Vou falar com a galera.

4 DE SETEMBRO DE 1941

Horst escreveu de Sonthofen. Reclamou que não entendeu uma palavra da minha última carta, que era puro lero-lero. É verdade, é claro. Eu ainda não queria contar para ele que larguei a JH, então escrevi só um monte de blá-blá-blá idiota.

Para ser sincero, tenho medo de ele descobrir, porque sei que vai ficar decepcionado. E, por algum motivo, a opinião dele ainda é a mais importante para mim. Quer dizer, depois da de Tom e de Flint, é claro.

Ele está na Baviera já faz quatro anos. Lembro claramente. Fiquei pensando nisso hoje quando li a carta dele. Alguém da JH veio ver meus pais, um cara de alta patente. Falou das Escolas Adolf Hitler que estavam montando, e que só os melhores seriam mandados para lá. A "elite do futuro Reich". Horst tinha sido escolhido.

De início, meus pais não souberam o que pensar. Nosso Horst, em uma escola de elite? Mas parecia que a origem não fazia diferença lá. Horst é um ás dos esportes. E, além do mais, é o próprio retrato nazista de um verdadeiro ariano: loiro, forte, de olhos azuis afiados. Parece os garotos dos cartazes. Então estavam desesperados por ele.

Se ele se sair bem nessa escola, todas as portas se abrirão para ele, de acordo com o cara da JH. Toda carreira do estado e do Partido, até o topo. Por isso, Horst seria o primeiro da família a ter a oportunidade de fazer alguma coisa além de se matar de tanto trabalhar em fábricas deprimentes. Quando meus pais ouviram isso, não tiveram opção: concordaram, mesmo que normalmente não deem muita bola para nazistas. Então, Horst foi à Ordensburg Sonthofen na primavera de 1937. Bem quando Tom e eu entramos na JH.

Desde então, eu o vejo precisamente uma semana ao ano. Ele não tem permissão de vir para casa com mais frequência, e a gente é totalmente proibido de visitá-lo. As regras são muito rígidas.

Lembro da visita depois do primeiro ano. Eu tinha acabado de passar no Pimpfenprobe, a prova para entrar na Jungvolk, e me achava grandão. No entanto, assim que Horst desembarcou do trem, me senti pequenininho de novo. Ele estava tão bonito de uniforme, tão alto e forte. Me chamou de "pirralho", mas não era para me diminuir. Estava feliz em me ver.

Contudo, ele agiu de forma bem distante com nossos pais. Não queria que a mãe o abraçasse, e praticamente ignorou o pai. Dava para ver claramente que ele não estava preparado para ouvir nosso pai, que se sentia superior. De início, fiquei confuso, mas acabei fascinado.

À noite, quando os velhos dormiam, a gente podia passar tempo juntos de novo, e finalmente conversar sobre tudo sem sermos ouvidos, como antigamente. Horst estava muito orgulhoso de mim por ter passado na prova. Precisei contar tudo para ele, até o mínimo detalhe. Nossos pais não tinham muito interesse, mas Horst era diferente – ficou tão satisfeito que parecia que era ele quem tinha feito a prova.

– É isso aí, pirralho – disse, com um tapa no meu ombro. – Estou contando com você. As coisas mudaram, sabe. Hoje, a gente pode fazer qualquer coisa. Tudo o que quiser. Não deixe ninguém te dizer nada diferente. Nem mesmo nosso velho. Ele não faz ideia.

Tinha algo de conspiratório no jeito que ele falou. Eu gostei. Ele tinha mudado mesmo. Alguma coisa acontecia com ele naquela escola.

Eu me aproximei.

– Me conta de Sonthofen! Como é?

– Ah, cara, presta atenção! – disse ele, rindo, e sacudiu a cabeça. – Eu sabia que ia ser dureza, mas nem imaginava...

Aí, ele falou. Disse que tinham que caminhar pelo gelo e pela neve no inverno, descalços e sem camisa. Que tinham que pular na piscina do trampolim de dez metros, de uniforme completo, com mochila e capacete de aço. Que tinham que aguentar dor e dificuldade além do que qualquer pessoa imaginava. E que quem mostrasse a menor fraqueza era imediatamente castigado.

– Você já quis ir embora? – perguntei. – Voltar para casa?

– Claro que quis, no começo. Achei que não ia aguentar. E não teria suportado sozinho. Mas fiz amigos. E não dá vontade de passar vergonha na frente deles. A gente ganha força assim. Que nem companheiros de batalhão, sabe.

A gente conversou longamente naquela noite, e nos dias seguintes, até ele ir embora. Senti admiração e inveja, por tudo que ele vivera e pelas histórias que contava. Do tempo passado na Ordensburg. Das provas de coragem e da camaradagem incrível. Do treino difícil que só os melhores aguentavam. É esquisito: eu tinha 11 anos e ele, 13. Mas parecia que havia uma vida inteira entre nós.

Na época, jurei que nunca o decepcionaria.

– Estou contando com você – disse ele.

E estava certo! Eu queria ser que nem ele. Estava decidido.

Mas aí veio a guerra e toda a brincadeira de soldado na JH, Morken e tudo o que aconteceu este ano. Não estou triste por isso, de jeito nenhum. Estou feliz por não ter mais nada com a JH, e por eu e Tom sermos Piratas de Edelweiss agora. É só que, quando chega alguma carta de Horst, fico pensativo. Porque quebrei meu juramento. O que ele vai dizer quando eu tiver que confessar?

28 DE SETEMBRO DE 1941

A missão de ontem à noite foi um sucesso total. O bairro todo está rindo, mas ninguém sabe que foi a gente. Tomara que continue assim, por favor. Porque, se descobrissem, a gente estaria numa enrascada tremenda.

Tivemos a ideia uns dias atrás. Estávamos no Volksgarten, falando de tudo o que nos ocorria. Nem lembro quem começou, mas a gente começou a falar dos vigias de quarteirão, os Blockleiter. Eles perturbam todo mundo hoje em dia, porque têm muito poder durante a guerra. Antigamente, eles só coletavam as taxas do pessoal do Partido, e distribuíam o jornal *Völkischer Beobachter*, mas hoje em dia viraram umas pestes. Vivem farejando para ver se todo mundo fechou a cortina direito, e se alguém está ouvindo rádio britânico, nem nada mais proibido. Todas as pessoas decentes os odeiam.

Na rua do Tom a coisa está feia. Tom diz que o vigia do quarteirão dele, que se chama Kuhlmann, é pior que um carcereiro. O cara já denunciou gente e entregou para a Gestapo. Gente que nem necessariamente fez nada, foi só por implicância dele mesmo. Tom diz que toda noite o guarda se esgueira por aí, de uma janela a outra. Tenta espreitar pela persiana. E, se notar alguma coisa, aparece no dia seguinte na porta da pessoa com uma ameaça. Diz para o morador que tem que fazer isso ou aquilo por ele, senão vai denunciar.

Magrelo falou que a gente precisava dar uma lição num cara desses, uma lição que ele não esquecesse tão cedo. Tivemos um monte de ideias do que fazer com ele. Só por diversão. Até que, em certo momento, Flint disse:

– Por que só falar? Vamos fazer uma dessas coisas, desta vez!

Então foi o que fizemos ontem. Tom disse que Kuhlmann faz a mesma ronda toda noite, sempre na mesma hora. Achamos que esse nível de ordem e minúcia alemã merece um castigo! Foi Furão quem teve a ideia genial do que fazer.

Ontem à noite, quando escureceu, nos encontramos no quarteirão do Tom. Tem um lugar em que as janelas do térreo que dão para o pátio interno são um pouco mais altas, então não dá para olhar diretamente para dentro. Não que Kuhlmann se deixe impedir, disse Tom. Ele pula e se pendura no parapeito para espionar.

Foi esse o lugar que escolhemos. Andamos até as janelas. Como todas as cortinas estavam fechadas, ninguém nos viu. Furão subiu no ombro do Murro e espalhou cola no parapeito. Aí a gente se escondeu do outro lado da rua e esperou. Não demorou para Kuhlmann aparecer. Foi bem como Tom disse: de janela em janela, enfiando o nariz em todas elas. Revoltante. Finalmente, ele chegou à janela que preparamos. Prendemos a respiração. E foi do jeito que imaginávamos: ele pulou, se segurou no parapeito e se pendurou. Dava para ouvir ele ofegar até do outro lado do pátio. Quando cansou de espiar, ele queria soltar e descer... mas não conseguiu, porque os dedos estavam grudados que nem cimento. Furão tinha arranjado uma cola das boas.

Foi um colírio para os olhos. Ele sacudiu as pernas e tentou soltar uma mão. Mas não deu. Então ele passou uns dois minutos pendurado ali, parado. Provavelmente tentando descobrir como escapar sem passar vergonha. Aparentemente não teve ideia alguma, porque começou a pedir ajuda. De início, baixinho, para não ouvirem no quarteirão todo, mas pedir ajuda baixinho não adianta. Então ele foi gritando cada vez mais alto. Deve ter entrado em pânico.

Estávamos agachados no esconderijo, segurando o riso. Não podíamos correr o risco de ele nos culpar pela situação. Finalmente, uma das cortinas foi aberta, bem acima da gente. Um homem olhou para fora.

– Vem cá! – gritou para alguém dentro de casa, depois de olhar para Kuhlmann por um tempo.

Ouvimos a voz da esposa atrás dele.

– Por quê? Que foi?

– Vem cá logo! Tem um gambé dependurado da janela!

A esposa se aproximou.

– Como é que é? Que gambé?

Ela parou do lado dele. Os dois olharam para fora. Ouvimos ela rir.

– O filho da mãe mereceu – disse o homem.

Kuhlmann gritou por ajuda de novo.

– Vamos lá, deixe ele aí – disse a esposa, afastando-se da janela. – E feche logo esse troço!

No momento seguinte, a janela foi fechada com força. Minha barriga estava doendo de tanto segurar o riso. Os outros estavam na mesma. Estávamos encolhidos no esconderijo.

Aí mais janelas foram abertas. Não houve muita pena de Kuhlmann. De jeito nenhum. As pessoas odeiam gente como ele. Podem não ousar fazer nada a respeito, mas não iam ajudar num aperto. Iam deixar ele esperando.

Finalmente, algumas pessoas tiveram dó dele. Provavelmente gente do Partido... porque tem essa gente por aqui também, é claro. O pátio foi ficando cheio de curiosos, e nosso esconderijo começou a esquentar. Então esperamos um tempinho e demos no pé.

Hoje, Tom contou o que aconteceu depois. Tentaram de tudo para tirar Kuhlmann dali, mas nada adiantou. No fim, precisaram derramar água fervendo nas mãos dele, e ele finalmente se soltou. Mas Tom diz que as pontas dos dedos dele vão ficar para sempre grudadas naquele peitoril.

Flint achou o trabalho perfeito para um sábado à noite, e que a gente deveria tentar fazer uma coisa dessas de novo. E por que não? Se só fizer mal a gambés que nem o Kuhlmann, não é grave. Eles merecem. Né?

26 DE OUTUBRO DE 1941

Ontem à noite, levaram os Rosenfeld embora. Os velhos do andar de cima. Porque são judeus. O barulho acordou a gente – eu e minha mãe. Fomos até a escada para ver o que estava acontecendo. Uns caras da Gestapo mandaram a gente entrar. Disseram que não tinha nada para ver, e para a gente não se meter no que não era da nossa conta. Minha mãe ficou lívida, parecia giz. Ela tem medo do pessoal da Gestapo.

Imagino que os Rosenfeld agora estejam em um daqueles trens judeus que saem da estação Deutz. Para o leste. Aparentemente colocam eles na casa de gente idosa lá. Só eles e gente que nem eles. E fica menos perigoso do que aqui.

Enfim, ontem não consegui dormir. Eu me levantei e fui me sentar na janela. Tinha todo tipo de coisa na minha cabeça. Olhei para a Venloer Sorasse, e de repente me lembrei da história do sr. Goldstein. Foi lá no fim da rua. Fazia séculos que não pensava nisso, mas a história dos Rosenfeld me lembrou.

Foi há três anos, na Noite dos Cristais, como agora chamam. Eu tinha 11 anos, e me lembro de estar deitado na cama quando começou o barulho lá fora, no meio da noite. Saí correndo para ver, mesmo que meu pai gritasse para eu ficar em casa. O barulho era estrondoso na Venloer Strasse, então foi para onde corri. E vi o que estava acontecendo. Tinha camisas-pardas nazistas para todo lado, quebrando as vitrines das lojas judaicas. Outros invadiam os apartamentos, arrancavam os judeus de lá, jogavam eles na rua e os espancavam. Dava para ouvir as mulheres gritando nos prédios.

De início, fiquei tão confuso que nem conseguia pensar. Até que pensei no sr. Goldstein, que tinha um quiosque no fim da rua. Tom e eu vivíamos passando por lá, mas não tínhamos dinheiro para comprar nada. Então, vez ou outra, ele nos dava uma coisinha. Só bala e tal. Gostávamos dele. E mais: ele era judeu!

Fui correndo para lá. O quiosque dele também tinha sido destruído. As coisas estavam todas espalhadas pela rua, pisoteadas pelas botas dos camisas-pardas. O pior era o próprio sr. Goldstein. Ele estava se arrastando entre as coisas, tentando salvar o que podia. Os camisas-pardas gritaram para ele parar, o que ele não fez, então o chutaram. Ele desabou, mas conseguiu se levantar, e foi pegar uma coisa no chão, bem na frente de um dos camisas-pardas. Aí ele levou um chute bem na cara.

Lembro que corri até ele, mas não sei se falei alguma coisa. Ele estava deitado de barriga para cima, olhando para mim. Não sei se me reconheceu. O rosto dele estava todo ensanguentado. De repente, ele me entregou a coisa que tinha catado do chão: era uma caixinha de música. Eu peguei, mas, antes de poder fazer qualquer coisa, o camisa-parda me pegou pelo colarinho e me empurrou com tanta força que fui parar do outro lado da rua.

Não sei o que aconteceu depois disso. Só que o sr. Goldstein sumiu. Nunca mais o vi. Mas ainda tenho a caixinha de música. Fica na gaveta. Eu guardei porque me lembra dele. Nunca entendi por que ele queria resgatar isso, de todas as coisas. Talvez fosse um presente. Ou uma herança, sei lá.

Enfim, acabei pensando nisso tudo de novo, sentado no peitoril e olhando para a rua. Eu me perguntei se o sr. Goldstein estava em uma dessas casas de idosos. Mas, quando eu encontrei o pessoal outro dia, perguntei para o Magrelo. Ele riu e disse que eu não devia acreditar nessas baboseiras. Que pode ter todo tipo de coisa lá no leste, mas definitivamente não tem nenhum lar de idosos. Os judeus provavelmente têm que fazer trabalho forçado até não aguentar mais. E aí... Ele deu de ombros, e mudamos de assunto.

Acho uma pena os Rosenfeld não estarem mais aqui. Vai saber quem vai se mudar para a casa deles... Provavelmente será um espião, segundo o Flint. Ele disse que fazem isso sempre. Então vou precisar tomar muito cuidado por um tempo.

Mas ele nem precisava avisar. Eu já tinha entendido.

———•••———

O apartamento do velho homem era pequeno. Parecia ter um cômodo só. Depois, tendo passado mais tempo lá, descobri que também tinha um banheiro, uma cozinha pequena e uma varanda, mas, naquele dia, só vi a sala e as poucas coisas que continha: uma mesa com duas cadeiras, uma cama, uma cômoda, um guarda-roupas, e dois canários engaiolados na janela, só isso. Notei um objeto esquisito em cima da cômoda, alguma coisa em uma caixinha forrada de veludo. Não tive certeza, mas parecia uma velha caixinha de música.

Os móveis pareciam baratos, como se comprados em uma liquidação. Pensei em como vivo com meus pais. Temos uma casa na periferia da cidade. Não posso dizer que esteja sempre feliz, mas... pelo menos é uma casa. E comparado com isso! Pensar que a cômoda e o armário podem conter tudo o que aquele senhor tem é deprimente. É só isso que sobra depois de uma vida tão longa? Não consegui parar de pensar nisso.

Eu me virei para ele. Ele tinha fechado a porta, mas ainda estava parado com a mão na maçaneta. Não parecia saber o que dizer. Eu também não consegui pensar em nada.

– O senhor... o senhor não foi visitar seu irmão de novo – tentei falar finalmente.

– Não. Não foi possível nos últimos dias – disse ele, soltando a maçaneta, e apontou para a cama. – Eu estava doente. É o primeiro dia em que estou de pé.

Ele parecia mesmo pálido. Pensei nele deitado naquela salinha por dias a fio, na cama ao lado da cômoda e do guarda-roupa, sem poder sair. Era uma imagem triste.

– Como você me encontrou? – perguntou.

Contei a história do zelador do cemitério. Ele pareceu ficar feliz por eu ter me esforçado na busca. Depois de escutar, foi até a mesa e me chamou.

– Quer um chocolate quente... agora que veio?

— Não, não, obrigado — recusei, apressado. — Não posso demorar.

Ele sorriu.

— Mas você certamente não veio só dar um oi e desaparecer de novo, né? Venha se sentar um pouco, pelo menos.

Nós nos sentamos à mesa. Ficava bem ao lado de uma janelinha, através da qual víamos o jardim da casa. Fazia muito silêncio. Demais para o meu gosto.

— Nem sei seu nome — disse o senhor, depois de pegar duas xícaras e colocá-las na mesa.

— Daniel. Igual ao do meu avô.

— Daniel?

O nome pareceu comovê-lo de algum modo, ou lembrá-lo de alguma coisa. Ele olhou pela janela por um tempo, e esfregou os olhos com a mão.

— O senhor me falou da sua história, que poderia me interessar — falei, quando o silêncio dele se demorou. — Foi por isso que vim. Gostaria de ouvir.

Ele me olhou, e parecia que tinha estado em outro lugar muito distante e que precisava encontrar o caminho de volta para o apartamento. Finalmente, ele se levantou, foi até a cômoda, tirou um caderno e me entregou.

— Esta é minha história — disse ele.

Peguei o caderno e abri. Era muito antigo; dava para ver na hora. As páginas estavam cobertas de texto, e a letra parecia praticamente pintada, como se escrita por alguém que não tinha o hábito de escrever, e por isso se esforçava ainda mais. As folhas estavam amareladas, e várias tinham sido manchadas de umidade, e outras, rasgadas, mas cuidadosamente remendadas.

— Quando o senhor escreveu isso tudo? — perguntei, depois de folhear um pouco.

– Ah, faz uma eternidade. Era o que eu achava, pelo menos. Mas agora não parece tanto tempo, parece ter se aproximado de novo. Esquisito, né?

Fui devolver o caderno, mas ele recusou.

– Não, não, fique com ele. É para você.

– O senhor quer me dar este caderno?

– Você vai cuidar bem dele. Eu sei.

Abri o caderno de novo e passei os dedos pelas páginas.

– E por que dar este caderno especialmente para mim?

– Ah, leia – disse ele, voltando a olhar pela janela. – Assim, vai entender.

17 DE MARÇO DE 1942

Lá fora, está começando a parecer primavera. Vou ficar feliz quando acabar o inverno. Anda dificílimo arranjar carvão recentemente, e não tem graça passar o dia congelando. E vou conseguir voltar a encontrar a galera com mais frequência quando as tardes ficarem mais longas. É por isso que este diário também saiu da hibernação. Faz meses que não tenho muito o que escrever. Só tentando aguentar. Mas tenho a sensação de que os tempos estão ficando mais interessantes.

Especialmente porque vamos poder voltar a viajar. Mas vamos ter que tomar mais cuidado do que no ano passado. A JH inventou uma nova piada: "força de guerra jovem". Qualquer trabalho com falta de homens, porque estão todos no front, agora é assunto da JH. Eles têm que ajudar no corpo de bombeiros e no correio; distribuir cartões de racionamento; fazer umas tarefas administrativas; trabalhar de telefonistas; e ajudar na colheita, também. Além de catar todo tipo de coisa: ferro-velho, frutas caídas, ervas... tudo o que ainda tem algum valor.

Então agora estão tentando nos forçar a voltar ao serviço. No trabalho, tem um monte de castigo para os aprendizes que não fazem parte da JH. Colocam a gente nas piores tarefas – horas esfregando o chão da fábrica, ou fazendo outras coisas tão inúteis que a gente chega a enlouquecer. E a gente também apanha, é óbvio. Chamam a gente de "vagabundos". Uau, como odeio essa palavra! A gente ainda tem que ir falar com o patrão da fábrica a cada um ou dois dias. Ele diz que nunca sentiu tanta vergonha de alguém quanto sente da nossa escória, que não sabe quando é hora de cumprir o dever e mostrar serviço. Diz que, aos olhos dele, somos sanguessugas que apunhalam nosso próprio povo pelas costas.

Às vezes é difícil aguentar, mas pelo menos agora eu tenho o pessoal. Quando a gente se encontra, dá para extravasar. A gente solta palavrão até ficar roxo, e depois volta a se animar.

No entanto, tenho pensado um pouco no assunto. Nisso de ser chamado de "vagabundo" e tal. Estava me perguntando se tem alguma verdade nisso tudo. Porque algumas das coisas que a JH faz não são tão ruins. Por exemplo, eles recolhem cobertores de lã e distribuem para idosos, para que não congelem no inverno. E as meninas da BDM fazem trabalho voluntário nas creches e nos lares de idosos. E a gente, faz o quê?

Hoje, falei disso com o pessoal, mas eles me deram uma bronca daquelas. Especialmente o Magrelo.

– Não deixe eles puxarem sua coleira, Gerlo – falou. – Essa guerra toda é pura merda. Todo dia, milhares de pobres coitados morrem lá fora. Porque mandam eles brigarem sem nem perguntar se queriam. E para quê? Para um dia o Grande Reich Alemão virar um Gigante Reich Alemão! É só isso! Todo mundo que se junta à guerra é um idiota, seja no front ou aqui.

– É isso aí – disse Floss. – Por que você acha que as meninas da BDM vão às creches agora? Para as mulheres que trabalhavam lá poderem servir nas fábricas de armamento. Onde podem fazer ainda mais granadas e ainda mais balas, para os garotos no front estourarem a cabeça uns dos outros. Não precisa se sentir culpado, Gerlo. Não participe disso, é o melhor a fazer.

Os outros concordaram. Até Flint. Em certo momento, ele se levantou e chegou mais perto.

– Sabe quem é o vagabundo de verdade, Gerlo?
– Não. Quem é?
– Ah, é o bambambã do sr. Patrão da Fábrica. Ele por acaso está no front? Está recolhendo cobertores? Está trabalhando no orfanato? É claro que não! E nunca vai fazer isso. Tudo o que ele faz é ganhar uma nota com a guerra. É ele que apunhala o povo pelas costas, cara, e não você. Lembre-se disso da próxima vez que ele tentar te encarar!

O jeito que ele explicou abriu meus olhos de vez. "Caramba, é verdade", pensei. Eles estão certos!

– Mas... se é verdade – falei –, não é melhor parar de trabalhar de vez? No fim, vai tudo para a guerra!

– A gente precisa sobreviver – disse Flint. – O melhor é fazer que nem eu e o Murro: o mínimo possível! Só o suficiente para não ser chutado na rua. E se, por puro acidente, alguma coisa cair e quebrar de vez em quando, mal não faz. Só tem que garantir que ninguém note que foi você. Sacou?

Passei muito tempo pensando nisso. Não em estar fazendo a coisa certa, porque agora não tenho mais dúvida. Mas no que posso fazer em Ostermann para dar um bom golpe no patrão. Flint e Murro estão certos. Vou tentar fazer que nem eles a partir de amanhã.

14 DE ABRIL DE 1942

Já que a JH anda no serviço, as patrulhas voltaram a ter poder. Provavelmente receberam ordens de nos tirar das ruas e dos parques de vez, e aproveitar para nos intimidar a cumprir nosso dever. Estão levando isso bem a sério. As patrulhas agora são oficialmente o braço júnior da SS. Então querem mostrar que são durões para cacete.

Eles agora usam cassetetes, e se sentem superpoderosos desde que foram armados. Vivem brincando com os bastões, batendo na palma da mão para todo mundo entender o recado de que não é para se meter com eles. Enfim, de início, não demos bola, e continuamos com as brincadeiras de sempre. Porque porrete na mão não compensa a falta de cérebro na cabeça – ou pelo menos foi o que imaginamos.

Até que semana passada eles pegaram o Furão. Foi à noite. Ele estava a caminho do Volksgarten para encontrar a gente. Os guardas estavam à espera dele, bem no meio de Ehrenfeld. Ele nem desconfiou, porque a patrulha não ousava dar as caras por lá havia meses, então acabou caindo na armadilha. Os guardas odeiam muito o Furão, porque ele nunca resiste à vontade de gritar uma despedida zoeira quando se afasta depois de a gente ter ludibriado eles. Ele é falastrão, e isso nem sempre cai bem, como ele descobriu semana passada.

Cinco ou seis guardas o agarraram e começaram a descer o cacete sem aviso. Ele nem teve a oportunidade de se defender. Só conseguiu cobrir a cara com os braços. Mas a porrada continuou, mesmo quando ele já estava caído no chão. Continuaram chutando ele até cansar. Aí foram embora, todos cheios de si, e largaram ele para trás.

No dia seguinte, a gente quase não o reconheceu. Com a cara inchada e roxa, ele mal enxergava e quase não conseguia falar. As garotas ficaram chocadas. Já Flint ficou furioso. Acho que ele se sente meio responsável para que nada aconteça com a gente. Foi como se tivessem espancado ele. E bem no meio de Ehrenfeld! Isso sim desceu mal.

– Eles vão se arrepender – disse ele. – Ah, mas vão se arrepender mesmo.

Ele e Murro planejaram nossa vingança. Descobriram a rota da patrulha. Desde que espancaram o Furão, eles voltaram a marchar por Ehrenfeld quase todas as noites, o que é um saco. "Estas são as nossas ruas, nossa área, e não podemos deixar intrusos se sentirem em casa. Especialmente esses idiotas da patrulha", é o que Flint diz.

Ontem à noite, a gente se encontrou na Neptune. Deixamos as garotas e o Goethe de fora, e Furão também, é claro. Éramos cinco: Flint, Murro, Magrelo, Tom e eu.

Flint arranjou uns socos-ingleses e distribuiu entre a gente. De início, achei esquisito pegar o objeto. Nunca tinha usado nada disso. Nunca tinha me metido numa situação dessas. Tipo, planejado uma emboscada, e tal. Brigar para se defender, ou porque ficou fulo da vida, claro, todo mundo já brigou. Mas isso era diferente. Eu quase perguntei para o Flint se ele tinha certeza mesmo, mas os outros pareciam tão determinados que não quis fazer papel de bobo. Acho que Tom estava sentindo o mesmo que eu. Então a gente aceitou o soco-inglês e calou a boca.

Flint disse que a patrulha sempre desce Venloer, atravessa a Neptunplatz, segue Vogelsanger até Grünerweg, vai até a estação, e volta ao centro por Subbelrather. Ficamos à espreita atrás da estação, à espera deles. Mal tem gente por lá à noite, e a área tem uns arbustos nos quais dá para se esconder.

Logo ouvimos o retumbar das botas, e finalmente eles apareceram. Pararam bem na nossa frente para acender seus cigarros. Era exatamente o que esperávamos, então partimos para o ataque. Eles foram pegos completamente de surpresa. É claro que nunca imaginaram que alguém ousaria enfrentá-los, agora que arranjaram cassetetes. Mas eles nem conseguiram empunhar os porretes, de tão rápido que Flint, Murro e Magrelo apareceram.

Tom e eu viemos logo atrás, e no minuto seguinte já estávamos no meio da briga. No começo, fiquei com certo medo de me meter, mas um dos guardas me deu uma porrada na cabeça, então fiquei irritado e soquei ele de volta. Aí a coisa se seguiu. Tom e eu fizemos o possível, mas Flint e Murro fizeram a maior parte do trabalho. Murro ficou ali no meio, sólido que nem uma rocha, sempre no mesmo lugar, jogando um soco forte atrás do outro. E Flint foi correndo atrás deles que nem um lobo, até não sobrar ninguém de pé.

Aí a gente se mandou dali. Foi Tom quem mais se ferrou, ficou bem ensanguentado. O restante de nós só levou umas pancadas, e Magrelo ficou de olho roxo, mas não foi nada sério. Corremos de braços dados pelas ruas, cantando nossas músicas a todo volume:

– Marchamos pelo Reno e pelo Ruhr, lutando pela liberdade. Esmurramos patrulha e libertamos a rua... viva Edelweiss!

Luzes se acenderam para todo lado. Pessoas escancararam as janelas e nos mandaram parar com aquela barulheira. Mas a gente não deu bola, e continuou cantando. Cara, a gente estava radiante! Especialmente Flint.

– Pronto, cara – disse ele –, vingamos o Furão. E a patrulha vai pensar dez vezes antes de pisar em Ehrenfeld de novo.

Acordei de sobressalto algumas vezes ao longo da noite, revivendo as cenas da briga. Ainda me lembro do primeiro golpe que dei com o soco-inglês. O trabalho na Ostermann no último ano tem me deixado bem forte, e ouvi o barulho da mandíbula do guarda sendo triturada quando soquei. Pensar nisso me dá calafrios. Mas já foi. O que fizeram com Furão foi muito pior. Acho que eles mereceram. É. Acho que a gente tinha total direito de fazer o que fizemos.

24 DE ABRIL DE 1942

Não vimos nem sinal da patrulha desde aquela surra. Eu não teria imaginado que seria tão fácil, mas aparentemente acabamos com a coragem deles.

– Eles não vão voltar – disse Flint ontem. – Foi demais para eles. E, se derem as caras, nossos dias de nos esconder acabaram de vez. Mesmo se encontrarmos eles na rua em plena luz do dia, e daí? O que fizemos uma vez, podemos fazer de novo. Não precisamos mais ter medo, gente!

Acho que ele está certo. Tom e eu estamos com 15 anos, e alguns dos outros já fizeram 16. A gente trabalha duro todo dia, então somos páreo para a patrulha. Por que a gente se cagaria de medo ao vê-los? Nos últimos dias, passamos um bom tempo considerando ideias quanto ao que fazer se eles aparecerem pela nossa área de novo.

Agora, não engolimos mais sapo nenhum. Se alguém na rua nos cumprimenta com "Heil Hitler!", a gente diz "Heil é meu cu!". E a gente inventou apelido pros bambambãs. Chamamos Hitler de "Escovinha", Goebbels de "Gerbo", e Göring de "Árvore de Natal", porque ele vive cheio de decoração pendurada. A gente fala bem alto, para todo mundo ouvir. É divertido, porque as pessoas ficam com raiva. Tem quem ria quando nos ouve, mas muita gente fica furiosa mesmo. É interessante. Basta uma palavrinha, e a reação imediatamente indica com quem estamos lidando.

Enfim, no momento, estamos bem. Conseguimos o que queríamos: a patrulha foi embora. Ninguém nos diz o que fazer ou não fazer depois do trabalho. Mandamos na nossa vida. E por que não deveria continuar assim? Os nazistas já estão muito ocupados com a guerra, os judeus, e o que estiverem planejando. Não têm tempo para gente que nem a gente. Ou têm?

26 DE MAIO DE 1942

Ontem e anteontem, fomos de novo a Felsensee para a Festa do Divino Espírito Santo. Era para ser o auge do ano, como na outra viagem. De início, foi isso mesmo. Mas acabou virando uma catástrofe.

No domingo de manhã, nos encontramos e partimos. Pegamos o trem para Oberkassel e fomos andando a Siebengebirge. O clima estava ótimo. Na subida, fomos cantando a música de Felsensee:

– Sós e solitárias entre os muros de pedra, as águas plácidas e quietas do lar no lago sereno. No Felsensee, os piratas da nobre Edelweiss vão encontrar as lindas moças de Colônia e do Reno.

Finalmente o lago surgiu à nossa frente e, descendo a trilha, bradamos o novo grito de guerra que criamos depois da vitória contra a patrulha:

– Somos campeões do mundo, os PE de Ehrenfeld!

PE é Piratas de Edelweiss, é claro. Quando nos juntamos aos outros grupos, foi a maior comoção, porque eles ainda não conheciam o grito de guerra.

De repente, notei quanta coisa tinha mudado desde a primeira vez que fomos ao lago. Na época, Tom e eu éramos os novatos. Estávamos tímidos e assustados, e todo mundo identificava de longe que a gente era recém-saído da JH.

Desta vez, foi diferente. Agora, a gente usa as roupas de piratas como se fosse natural. Temos cabelo comprido e andamos de cabeça erguida. E conhecemos muitas das outras pessoas por causa dos passeios de fim de semana. Ninguém sonharia em zombar da gente agora. Fomos cumprimentados como se sempre fizéssemos parte do grupo. Como se tivéssemos crescido ao longo do ano.

Passamos o dia nadando, comendo, brigando e inventando todo tipo de brincadeira, o que quer que nos ocorresse. Quando escureceu, nos sentamos ao redor da fogueira e falamos do que tem acontecido recentemente. Estavam ali uns dois caras de Wuppertal, um ou dois anos mais velhos do que a gente. Eles contaram que, de onde vêm, é a própria SS quem lida com gente que nem a gente.

É claro que isso chamou a atenção de todo mundo.

– A SS! – disse Flint. – O que vocês têm aprontado?

– Como assim, "aprontado"? A gente não fez nada, mano! Só o de sempre. Mas as patrulhas não dão mais conta, então começaram a mandar a SS.

– E no que isso dá? – perguntou Floss.

– O que você acha? Dá encrenca. Não tem nada que eles não façam, e eles não dão a mínima para a nossa idade. Espancam todo mundo. Comparado com brigar com eles, uma batalha contra as patrulhas é moleza. Se cuidem para nunca darem de cara com eles!

– A gente brigou com uma patrulha recentemente – contou Magrelo. – Eles não voltaram a dar as caras.

Um outro garoto de Wuppertal sacudiu a cabeça.
– Isso não é bom sinal – disse ele. – Não acreditem que vão deixar vocês em paz. Se as patrulhas pararam de aparecer, é porque tem alguma coisa pior a caminho.

Aquilo não soava nada bom. Eles contaram da experiência com a SS, e ficamos bem nervosos.

– E tem mais uma coisa – disse um dos caras de Wuppertal. – Nem pensem que alguém vai ajudar se a coisa ficar feia. As pessoas são covardes. Têm medo da Gestapo, dos tribunais especiais e tal. Ficam se esgueirando por aí, apavorados de dizer ou fazer a coisa errada.

– Pois é – disse Flint. – É por isso que não nos dão bola também.

Os outros não entenderam, então ele explicou:

– A maioria das pessoas não é ruim, né? No fundo, provavelmente também é contra o que tem acontecido. Mas não ousa fazer nada. Então todos se sentem culpados. E, sempre que veem gente como a gente, se dão conta de que são covardes. Aí preferem não ter que nos ver. Estou dizendo, não dariam a mínima se a gente sumisse – falou, e cutucou Murro, que estava sentado a seu lado. – O que você acha?

– Eles odeiam a gente porque somos livres – resmungou Murro.

– Exatamente! É isso aí. Falou bem, Murro.

Os outros riram. O que Flint dissera soava plausível. Só uma pessoa, acho que de Dortmund, tinha objeções.

– Mas, para a gente, é fácil ser livre – disse. – A gente não tem nada a perder.

– Como assim? – perguntou Flint.

– Bom, pensa só. Precisam usar a gente de mão de obra barata e explorada, então não vão tirar nosso emprego. Não podem tirar mais nada da gente, claro, porque não temos mais nada. E não temos esposa nem filhos para usarem contra a gente. Mas imagine um cara com casa, família, emprego maneiro. Ele pode perder tudo se abrir a boca. Por isso fecha a matraca e abaixa a cabeça.

Algumas pessoas reclamaram de início, mas, no fim, acabamos concordando.

– Pode ser – disse um dos de Wuppertal. – Mas, por sorte, não tenho os mesmos problemas de um bacanudo desses. E não dou a mínima para ele também.

Nisso, a gente concordava. Não queríamos mais conversar, então Goethe pegou o violão e começou a tocar. Sempre fico absorto quando o ouço tocar. Ele só tem seis cordas para dedilhar naquele instrumento, mas é como mágica – as notas parecem vir de outro mundo. É engraçado: os outros, que não conhecem Goethe tão bem, gostam de tirar uma com a cara dele. Porque ele não fala igual a gente, e tem mãos macias. Mas, sempre que ele começa a tocar, tudo para. Aí, ele é o rei. Ninguém ri. Naquela noite, foi igual. Ficamos ali agachados, olhando para a fogueira, e esquecemos todo o resto.

Dormimos sob as estrelas, como no ano passado. A gente postou vigias ao redor do lago, por medo de a JH aparecer de novo, mas ficou tudo tranquilo. Então nos divertimos xingando a JH. Achamos que eles deviam estar apavorados, ainda sentindo a porrada do ano passado.

Mas é claro que nos vangloriamos muito cedo. Assim que pegamos o trem para voltar para a Colônia ontem à tarde, notamos uns caras meio esquisitos na estação, parados lá, nos olhando. De início, não pensamos muito nisso, mas, quando chegamos à Colônia, entendemos o que eles estavam fazendo lá.

O trem parou na plataforma, mas não abriu as portas. Ninguém podia sair. Depois de alguns minutos, uma imensa tropa da SS veio marchando. Quando os vimos, temermos o pior. Tínhamos passado o caminho todo fazendo estardalhaço e cantando, mas, de repente, fizemos silêncio.

Os soldados da SS entraram pela frente e por trás, e varreram o trem. Não estavam apenas atrás da gente, é claro. Havia ali outros

Piratas de Edelweiss, de outros cantos da cidade. Acho que eram uns cinquenta, todos voltando de Felsensee, ou do lugar onde tinham passado o feriado.

Era fácil nos identificar pelas roupas. A SS achou um grupo depois do outro, e expulsou todo mundo do trem. Eles carregavam submetralhadoras, então ninguém ousou reagir. Umas pessoas no trem até aplaudiram, e disseram que era bom dar cabo da nossa ralé. Acho que nossas músicas os irritaram. Ou não gostavam do nosso cabelo e da nossa roupa. Ou eram só nazistas mesmo.

Eles nos agruparam na plataforma. Alguns dos caras da SS estavam com armas a postos, apontadas para a gente. Eu estava de pernas bambas. É uma sensação muito esquisita olhar para o cano de uma arma.

Aí, tivemos que sair da estação. Se alguém andasse devagar, levava uma pancada nas costas, difícil de esquecer. Lá fora, nos enfiaram em vans e nos levaram à delegacia mais próxima.

Estavam nos esperando lá. Tivemos que ficar de pé, enfileirados em um corredor comprido, grudados na parede, sem poder sentar nem falar nada. Os guardas da SS ficaram na nossa frente, de olho, até sermos chamados para uma das salas. Sempre sozinhos, um de cada vez. Foi bem bizarro ficar ali, esperando, porque o tempo todo dava para ouvir berros e gritos, tapas e socos. Muitos de nós saímos com a cara sangrando.

Pareceu demorar uma vida. Finalmente, chegou minha vez e eu entrei. Na sala, tinha um policial sentado atrás da mesa, e precisei ficar de pé na frente dele. Ainda não podia me sentar. Dois caras da SS entraram também, e pararam bem atrás de mim.

O policial queria saber meu nome e endereço. Eu não queria falar, porque a gente tinha jurado não se entregar. Por isso, primeiro perguntei do que eu estava sendo acusado.

Foi um erro. Ainda estava falando quando um dos caras da SS me agarrou e virou minha cabeça para o lado, e o outro bateu nas minhas orelhas com tanta força que eu vi estrelas. Ele gritou, mandando eu calar a boca e só responder às perguntas.

O policial esperou até eu conseguir enxergar de novo, e repetiu a pergunta. Qual era minha opção? Não queria que quebrassem meus ossos todos. Então disse meu nome, meu endereço e onde trabalhava.

Aí ele quis saber qual era minha unidade na JH. Falei que não estava na JH. Senti o fortão atrás de mim se preparar, mas o policial o interrompeu. Não acho que foi por pena de mim, apenas que ele queria acabar aquilo logo.

– Você não sabe que precisa de permissão da JH para viajar?

– Não – disse –, não sabia. Mas agora eu sei, e vou me lembrar.

Ele quis saber todo tipo de coisa sobre mim e os outros: onde a gente se encontra, como a gente se chama, se a gente tem contato com outros grupos, etc.

– Não faço ideia – respondi. – Não conheço os outros garotos. Só ouvi falar do encontro e fui por curiosidade. Mas, agora que sei que é proibido, certamente não farei nada de novo.

Eu me fiz de apatetado e, por sorte, ele acreditou pelo menos um pouco. Então me condenou à detenção juvenil. Para que eu não me metesse em nenhuma outra brincadeira boba dessas no futuro, explicou. Na verdade, só os tribunais podem fazer isso, mas, por causa da guerra, não andam tão rígidos. Chamam de "processo acelerado de detenção juvenil".

Então tivemos que ficar lá. Exceto as garotas, que foram mandadas para casa. Não sozinhas, é claro; um policial foi junto. Era para ele passar um sermão nos pais delas, explicar que deveriam cuidar melhor das filhas e garantir que elas não estavam se metendo com nossa escória.

Fomos divididos entre várias delegacias, porque naquela primeira não tinha celas para todo mundo. Ficamos detidos a noite toda, e o dia todo de hoje. As celas são minúsculas, e só têm um estrado com um lençol, mais nada. A única comida era pão seco. E, para evitar o tédio, um policial aparecia de vez em quando para dar uns tapas na gente.

Mas isso não foi tão grave. O pior foi que nos mandaram para casa de cabelo cortado. Em corte militar! E só nos soltaram sob a condição de que nos apresentássemos à JH imediatamente, senão nos meteremos em ainda mais encrenca.

Quando finalmente saímos, estávamos bem exaustos. E furiosos por terem nos tratado assim. Como se fôssemos puro lixo. Gritaram com a gente, bateram na gente, sem termos a oportunidade de nos defender! Só nos sobrou uma raiva fria, que nem sabíamos como usar.

Falamos do que devemos fazer daqui em diante. Quanto mais pensamos, mais nos desanimamos. Porque o que sempre quisemos evitar acabou acontecendo. Eles sabem quem somos, e onde nos encontrar. Não teremos mais paz.

Mas uma coisa prometemos: nenhum de nós vai voltar para a JH. Precisariam carregar a gente à força com a ajuda de tanques. Mas não vão fazer isso. Afinal, precisam dos tanques no front.

E o front fica bem longe daqui.

Uma semana depois, visitei o sr. Gerlach de novo. Eu já tinha lido o começo do diário e, sentado à mesa dele, senti como ele estava ansioso pela minha opinião. Ele estava tentando disfarçar, mantendo-se ocupado – ou pelo menos fazendo o que podia fazer naquela idade. No entanto, evitou me perguntar diretamente. Comecei a notar que ele era discreto demais para isso.

– Fiquei curioso: quantas pessoas leram este diário? – perguntei, quando ele finalmente voltou a se sentar.

Ele me olhou, chocado.

– Ninguém – respondeu.

– Quer dizer que... sou o primeiro? Mas por quê?

Ele levantou as mãos e as abaixou de novo.

– Depois da guerra, ninguém queria ouvir essas coisas. Estava todo mundo ocupado, olhando para o futuro e construindo uma nova vida. Ninguém queria lembrar daquela época. Então acabei guardando o caderno. E, com o tempo, até eu me esqueci dele.

– Não acredito.

– Mas foi assim, acredite ou não. Apenas sobreviver já era trabalhoso, e o passado apenas atrapalhava. Além do mais, doía muito pensar nisso. Todos os amigos que perdi, que nunca mais veria! Não queria isso. Passei décadas sem mexer nesse caderno.

– Mas o senhor também não o jogou fora.

Ele sorriu.

– Não, não tive coragem de fazer isso. E agora, fico feliz. Depois de ter parado de trabalhar, as memórias voltaram, pouco a pouco, e penso nessas coisas dia e noite – contou, olhando para o prato de biscoitos que servira na mesa, e riu de repente. – Sabe, é engraçado. Hoje em dia, nem sempre me lembro do que almocei ontem, ou do que fiz à noite. Mas de acontecimentos de antigamente, de mais de sessenta anos atrás... me lembro de todos os detalhes de novo. Não é estranho?

Eu não sabia bem do que ele falava. Olhei ao redor da sala e notei algumas coisas que não vira na primeira visita. Especialmente que não havia fotos dele. Nenhuma foto.

Que esquisito, pensei. Conheço ele como é hoje. E, pelo diário, o conheço na juventude. Mas não sei nada das décadas intermediárias. É como uma longa viagem, em que vejo só a partida e a chegada.

– O senhor não se casou? – perguntei. – Nem teve filhos?

No momento seguinte, quis morder a língua. Ele me olhou com uma expressão tão repentinamente triste, que me arrependi da pergunta idiota.

– Perdão – falei. – Isso não é da minha conta.

Ele sacudiu a cabeça e deu de ombros.

– Não, não, não se preocupe – disse ele. – Nunca me casei. Não era mais opção. E também não tenho filhos. Mas... – continuou, e o luto sumiu de seus olhos. – Tive um filho em determinado momento, de todo modo. Pelo menos de certa forma. Mas faz muito tempo.

Ele cruzou os braços e olhou pela janela. Por um momento, ficou ali sentado, sem se mexer. Foi só quando tirei o diário da mochila e o apoiei na mesa que ele ficou alerta de novo.

– Já acabou de ler? – perguntou.
– Não – eu disse, e abri na página até a qual tinha chegado. Ao ver, ele fez uma cara de decepção.
– Ainda não leu muito. Está achando chato?
– Não! Não é chato!
– Então o que foi?
– O motivo para eu estar lendo tão devagar? – perguntei, e guardei o diário de volta. – Tem outra explicação. Vou contar quando acabar, tá?

Ele suspirou e, de repente, teve um acesso de tosse, que lhe sacudiu o corpo inteiro. Fiquei parado, sem saber o que fazer. A tosse acabou passando, e ele me olhou, assentindo com a cabeça.
– Não demore demais. Entendeu?

31 DE MAIO DE 1942

Então cá está: a guerra. Chegou ontem à noite. Bem no meio da nossa cidade.

Foi surreal. Porque, na verdade, era a noite de primavera mais linda que se podia imaginar. Amena, com o perfume de flores no ar. Estávamos no Volksgarten, na parte que chamam de roseira. Tem flores em todo canto por lá, e muitos cantinhos escondidos entre os arbustos onde ninguém nos encontra.

Ficamos até tarde da noite, jogando conversa fora. Desde a história da SS, temos evitado ao máximo ficar em casa, especialmente nos fins de semana. Como concordamos, nenhum de nós foi à JH, e não queremos que venham nos prender por isso, agora que eles têm nossos nomes e endereços.

Foi esse o assunto principal de ontem: como garantir que eles não nos peguem. Mas Flint estava com outra preocupação: como nos vingar pelos maus-tratos na delegacia. O que aconteceu lá deixou ele bem incomodado, até mais do que o restante de nós. Ele odeia não poder retribuir uma coisa dessas feita contra ele, parece até que bebeu veneno.

Estávamos no meio do papo quando as sirenes soaram de repente. Acho que já tinha passado de meia-noite. De início, não demos muita bola, porque elas tocam dia sim, dia não, já há alguns meses. Normalmente é alarme falso. Ou algum bombardeiro britânico contra uma fábrica na periferia. Nunca acontece nada grave aqui em Ehrenfeld.

Mas ontem foi diferente, logo reparamos. O estrondo da artilharia antiaérea começou quase ao mesmo tempo que as sirenes. Não só em alguns lugares, como de costume, mas para todo lado. Tinha centenas de holofotes no céu, e a artilharia antiaérea parecia uma barreira ao redor da cidade. Aconteceu uma explosão que pareceu nos atravessar. A gente saiu do arbusto debaixo do qual estávamos sentados, no gramado principal, bem no meio do Volksgarten. Mal conseguimos fugir dos bombardeiros. Dava para ouvir o rugido profundo, mil vezes mais alto do que nos ataques anteriores. Quando a gente olhava para cima, via bombardeiro para todo lado. O céu estava repleto deles.

Aí as bombas começaram a cair, com uma barulheira tremenda. Parecia incessante, espalhada pela cidade toda. O ar tremia e o chão sacudia, até no Volksgarten, onde estávamos. Primeiro, ficamos com medo e pensamos em nos esconder, mas aí notamos que não tinha nada caindo perto da gente, então ficamos parados. Foi horrível. Em pouco tempo, incêndios se alastraram para todo lado, e o céu ficou vermelho de chamas. Era um mar de fogo mesmo. Para onde quer que a gente olhasse.

Não sei quanto tempo o ataque durou. O ruído acabou diminuindo, os bombardeiros cessaram, a artilharia antiaérea parou. De repente, fez-se silêncio, e só se ouvia o estalar das chamas. Ehrenfeld também estava todo vermelho. Pensamos nas nossas mães e saímos correndo.

Nenhum de nós vai esquecer o que vimos ontem. Foi o inferno. Tinha fogo irrompendo das casas em todo canto. Telhados desabaram, e escombros acesos caíam na rua como chuva. Vidros explodiam das janelas, e vigas em chamas bloqueavam o caminho. Fazia tanto calor que mal dava para respirar.

Acabamos conseguindo chegar a Ehrenfeld. Ruas inteiras pegavam fogo. Em certo momento, vimos pessoas, que não tinham fugido a tempo, pulando de um andar alto. Elas pegavam fogo, que nem tochas humanas. Nem sei calcular quantos devem ter acabado esmagados debaixo dos escombros.

O grupo se dividiu – todo mundo queria chegar em casa o mais rápido possível. Tom e eu corremos para Klarastrasse. Tinha alguns prédios em chamas lá também, mas, felizmente, não eram tantos. As pessoas estavam na rua, tentando apagar os incêndios, enfileiradas e passando baldes d'água de mão em mão. Minha mãe e a mãe do Tom também estavam lá. Ficamos muito felizes em vê-las. Chegamos correndo e entramos na corrente com elas. Não ajudou muito – era pouca água contra muito fogo. Mas ninguém estava pensando nisso. Todo mundo só queria fazer alguma coisa, por mais inútil que fosse.

Passamos a noite nesse esforço, até não aguentar mais. Quando amanheceu, só havia alguns incêndios menores em meio aos destroços. Não valia a pena tentar apagar, extinguiriam-se sozinhos.

Todo mundo foi para casa, menos Tom e eu. A gente encontrou o restante do grupo e andou pela rua juntos. O céu estava tão repleto de nuvens pretas e espessas que o sol não chegou a nascer direito. Aonde quer que fossemos, podíamos sentir o cheiro adocicado e ardido do fogo. Aspirar demais essa fumaça adoece.

A gente viu coisas ruins. Caminhonetes lotadas de gente queimada e torrada. As pessoas estavam irreconhecíveis. Ficamos abalados quando passaram por nós. E pensamos: agora a guerra chegou para a gente. Muitas das pessoas mais velhas aqui de Ehrenfeld avisaram que o que os bambambãs tinham feito teria consequências para a gente.

De início, não quisemos acreditar. Agora sabemos que era verdade. E, quem sabe, como as pessoas disseram hoje: talvez seja só o começo.

18 DE JUNHO DE 1942

Desde o bombardeio, as pessoas aqui de Ehrenfeld estão furiosas. E nem é com os britânicos que atacaram. Afinal, fomos nós quem começamos os ataques, dizem. Não podemos reclamar de terem se voltado contra a gente.

Não, elas estão furiosas porque a situação está uma droga e ninguém ajuda. Tanta gente perdeu apartamento ou família no ataque. E o que está sendo feito por elas? Nada! Uma van idiota passou pelas ruas no dia seguinte, trazendo sopa quente para todo mundo. E só. Era melhor não ter feito nada, alguns dizem.

No rádio, anunciaram que os britânicos sofreram baixas tão graves nesse ataque que nunca voltarão. Quem ouve as rádios estrangeiras, no entanto, diz secretamente que a história é outra. Tinha mais de mil aviões, então agora chamamos de "o ataque dos mil aviões". E nossa artilharia antiaérea mal conseguiu se defender. Eles vão voltar, sem dúvida.

Tem quem se lembre do que Göring disse no começo da guerra: que podiam chamar ele de Meier se um único bombardeiro britânico aparecesse por aqui. Então é disso que estão chamando ele – e certamente não é com carinho.

O ataque também mostrou que não há abrigos para todo mundo em Ehrenfeld. Eles não ligam, o pessoal aqui diz, porque somente a ralé mora aqui. E há rumores de que os bambambãs de verdade, Grohé e cia., têm abrigos de luxo, onde fazem festas, vivem no bem-bom, enquanto tudo lá fora arde em chamas; e nós, pobres coitados, não sabemos onde nos proteger.

Enfim, é por isso que as pessoas estão com raiva. Dá para sentir pela rua. Não é bem uma raiva escancarada, é mais desamparada.

Ninguém vai gritar o que acha de verdade; não acontece. As pessoas só cochicham em casa, ou com quem conhecem desde sempre.

Porque não é só a raiva que piora. É o medo, também. Parece que tem ainda mais espiões. O pessoal daqui sempre desconfiou de recém-chegados, mas houve casos de gente do local entregar alguém para a Gestapo para resolver um problema. Desde então, ninguém confia em ninguém.

Então acho que o medo é maior do que a raiva. Mas por quanto tempo? Será que vai mudar?

10 DE JULHO DE 1942

Quase toda noite tem bombardeio agora. É sempre igual: primeiro as sirenes uivam, depois a artilharia antiaérea retumba, e, por fim, as bombas caem. As pessoas saem da cama em um pulo, correm à rua e tentam encontrar proteção em um abrigo ou porão. Elas se encolhem lá, na esperança de não serem enterradas por um ataque direto – e, é claro, de o próprio prédio ficar de pé. É bem difícil, especialmente para os idosos, que já não são mais tão ágeis.

Os abrigos são locais de encontro importantes para nós, os Piratas de Edelweiss. Especialmente na Takuplatz, aqui em Ehrenfeld, que é meio que nosso novo ponto. Vamos lá quase toda noite, e frequentemente ficamos até de manhã. Encontramos muita gente dos outros grupos, e trocamos notícias. Virou praticamente nosso segundo lar.

Mas a gente nunca entra no abrigo em si, nem mesmo quando caem as maiores bombas. Ficamos sempre fora, em geral na frente. Por causa dos vigias do ataque aéreo. São eles que cuidam dos abrigos e mantêm a ordem. E vivem de ouvidos bem atentos. Porque às vezes acontece de alguém lá embaixo perder a compostura e falar o que pensa de verdade. Mesmo que seja apenas uma bobagem qualquer, tipo "Essa porcaria de guerra não acaba nunca?", já basta. Alguns dias depois, chega um convite da Gestapo na caixa de correio, por "subversão do esforço de guerra".

É claro que é perigoso estar ao relento quando bombas são lançadas. No entanto, a gente pensa o seguinte: nossa vida já é perigosa de qualquer jeito. Qualquer momento pode ser o último, e dá para morrer em qualquer lugar. Então, que diferença faz? Por que não aproveitar o tempo que resta? Tem ar fresco lá fora, dá para respirar e ninguém fica de olho na gente, enquanto lá dentro é abafado, empoeirado e lotado de espiões.

Enfim, se uma das bombas maiores e mais explosivas atingir a base do prédio, o abrigo também não vai adiantar. Tudo cai, e as pessoas são soterradas. A ideia de ser enterrado vivo lá embaixo é a pior coisa que consigo imaginar. Então preferimos ficar de fora. É melhor arriscar e morrer ao ar livre do que sufocar na terra como ratos.

E notei mais uma coisa recentemente: de certa forma, esses ataques não são tão ruins para a gente, por mais engraçado que pareça. Porque, desde que começaram, a SS e a JH andam bem ocupadas na tentativa de ordenar o caos e manter todo mundo na linha. Por isso, no momento, não somos tão importantes para eles. Normalmente, estariam caçando a gente que nem o demônio, já que sabem quem somos e que não retornamos à JH como ordenado. Mas isso fez a gente ganhar tempo.

É engraçado. Provavelmente só a gente tira alguma vantagem dessas bombas.

11 DE AGOSTO DE 1942

Já faz mais de um ano que estou na Ostermann. Nesse tempo, o trabalho foi ficando cada vez pior, especialmente para os aprendizes. A gente começa cedo de manhã e só sai tarde da noite, no horário que o contramestre quiser. Sessenta horas por semana já são normais, e às vezes é até mais.

E os objetivos vão ficando cada vez mais rígidos. Estamos fabricando material para o Exército e a Marinha, então a palavra de ordem é sempre mais, melhor, mais rápido. Por isso, os acidentes são frequentes. Os trabalhadores estão cansados, não prestam mais atenção. Alguns dedos foram perdidos nos últimos meses. Por sorte, nenhum foi meu.

Nós, aprendizes, não entendemos por que precisamos fazer tanto circo só para os caras do front se explodirem melhor. Foi o que Flint e Murro disseram. Por isso, a gente dá uma enrolada quando não tem ninguém notando. Ou tira o dia de folga quando cansa, porque é fácil inventar uma doença. Ou uma das máquinas pode parar de funcionar, porque alguma ferramenta por acaso caiu em um canto que ninguém alcança. Não faltam ideias. Especialmente nos dias em que levamos surra. Aí, sim, estamos no nosso melhor.

Não adianta envolver os operários mais velhos. Eles são diferentes da gente. Para eles, é muito importante trabalhar bem. Eles quase se matam tentando cumprir as metas. Fora isso, a gente se dá bem, mas não adianta brincar com eles nesse assunto. Deve ser só uma questão geracional.

Ontem, o patrão juntou todo mundo no salão e deu uma bronca na gente. Disse que estávamos atrasados na meta, e que ele não ia mais fazer vista grossa. Afinal, a reputação da empresa estava em risco. Em alguns grupos – e ele olhou especialmente para os aprendizes ao falar isso –, a eficiência era tão baixa que não podia ser acidental. Então, devíamos ter cuidado: se estivéssemos atrapalhando a produção de propósito, isso seria considerado sabotagem, que dá pena de morte. Quem fosse pego no ato seria denunciado, e o que acontecesse depois seria nossa culpa. Depois de um "Heil Hitler!" especialmente irritado, ele nos liberou.

Voltamos correndo para o trabalho.

– Só larguem de besteira – cochichou um dos caras mais velhos, com um olhar ameaçador para os aprendizes. – Sabotagem é coisa séria, e, se forem pegos, não vai dar problema só para vocês, mas para a gente também. E é inútil. Vocês estão só nos colocando em perigo!

Hoje, não parei de pensar nisso, e acabei ficando com raiva. Por que ele falou de perigo? A gente poderia fazer muito mais sem ninguém correr perigo. Só precisamos de união, e de lealdade. É isso que falta.

16 DE SETEMBRO DE 1942

Recentemente, temos passado quase toda noite no abrigo. As garotas, também. Fica quente, e não tem nada nos mantendo em casa. Nossas mães são bem razoáveis, mas não dá para conversar com elas. Pelo menos não a respeito do que é mais importante. Elas não entendem o que estamos fazendo. Preferem que a gente fique com elas a sair por aí arranjando encrenca. Mas elas não podem nos dar ordens. A gente ganha nosso próprio dinheiro, então podemos fazer o que quisermos.

Tem sempre um clima meio engraçado no abrigo à noite. Por volta das nove, dez, um bando de velhos aparece, todos de Ehrenfeld. A maioria traz malas e espreguiçadeiras, e se instala na entrada, de olho. Se rolar um alarme de verdade, são os primeiros a entrar e pegar os melhores lugares. A gente sempre fica sentado um pouquinho mais para o lado, e ri da cara deles. Mas é só de brincadeira; na verdade, não nos incomodam.

Ontem, depois de escurecer, as sirenes soaram de novo. Os velhos entraram no abrigo, e o restante veio correndo. A maioria das pessoas agora dorme de roupa e deixa malas ao lado da cama, para fugir mais rápido. A gente ficou na rua, como de costume, e aí não aconteceu muita coisa. Rolou certo alarde lá para Kalk e Mühlheim, do outro lado do Reno, mas do nosso lado ficou tranquilo. Acabou rápido e, depois de mais ou menos uma hora, o abrigo esvaziou.

– Acho que por hoje é só – disse Flint. – Eles nunca vêm mais de uma vez por noite.

– Que cavalheiros, esses britânicos – disse Furão. – Como sempre digo, eles ainda sabem se comportar.

– Então me explique o seguinte – disse Tilly. – Se eles são cavalheiros, por que sempre bombardeiam as áreas pobres, e não os bairros ricos? É um golpe bem sujo, né?

Ela estava certa. Aqui em Ehrenfeld e Nippes, tem ruas inteiras em destroços por causa dos bombardeios, e as áreas mais chiques mal foram atingidas. Não pode ser coincidência.

Magrelo disse que devia ter a ver com a indústria da guerra. Querem atingir as fábricas, e os trabalhadores. Porque, sem trabalhador, não há como produzir nada. E, sem produzir nada, o exército logo se ferra.

– Acho que tem mais alguma coisa aí – disse Floss. – Aqueles folhetos que os *tommies* jogam depois dos ataques... vocês já leram?

Antes de a gente responder, ela enfiou a mão debaixo da blusa e tirou um folheto de lá. Tilly praticamente desmaiou quando viu.

– Caramba, Floss, joga isso fora! Se encontrarem, você já era!

– Ninguém vai encontrar – disse Floss. – Estou guardando onde nenhum soldado respeitável da SS vai procurar. Muito menos um palhaço bobo da JH.

Aí ela leu o que tinha no folheto:

– Oferta da Inglaterra: justiça para todos, até os alemães; castigo para os culpados; igualdade e segurança econômica. Exigência da Inglaterra: o povo alemão deve agir para se libertar do domínio criminoso de Hitler. O povo alemão tem escolha.

Tom, que estava sentado ao lado dela, a olhou de soslaio.

– Quer dizer que eles estão contando com alguma revolta popular?

– Isso! Facilitaria a vida deles, e eles se poupariam da chatice da guerra. Estou dizendo, é por isso que bombardeiam os bairros de trabalhadores. Porque acham que aqui tem mais chance. E é verdade, porque as pessoas estão ficando com mais raiva dos nazistas a cada ataque.

Ela guardou o folheto de novo. Ficamos um tempo ali sentados, com a ideia na cabeça. Todo mundo achou que fazia sentido.

– E o que acontece com esses folhetos, afinal? – perguntou Goethe, em certo ponto.

– Mandam a JH catar – respondeu Flint. – Eu já vi. Eles recolhem e rasgam tudo.

Magrelo olhou para ele, pensativo.

– E... que tal a gente chegar primeiro? Catar os folhetos e enfiar nas caixas de correio da população? Por todo lado, em toda quadra?

– Tem alguma outra ideia genial? – perguntou Furão, com um tapinha na cabeça. – Pode aproveitar para tocar a campainha da Gestapo e pedir para entrar logo. Vão usar a gente de pano de chão!

– Por quê? – disse Flint. – Eles precisariam descobrir quem foi, e não vão. A gente pode fazer isso à noite, e deixar alguém de vigia. Não acho má ideia.

Murro concordou, mas o restante de nós não se convenceu. Tilly defendia que finalmente havíamos conseguido um pouco de paz deles, e não era hora de arranjar mais encrenca. Tom, Goethe e Maja queriam se manter em segurança e, no fim, era arriscado até para Floss.

– Acho que a gente só deve fazer uma coisa dessas se todo mundo concordar – disse ela, se dirigindo a Flint e Magrelo. – Porque a gente está junto, né? E ou todo mundo entra nessa... ou ninguém.

Ela estava certíssima. Até Flint precisou concordar, então não tocamos mais no assunto. Passamos mais umas duas horas acordados, e finalmente fomos dormir.

Os outros apagaram bem rápido, mas eu demorei muito para pegar no sono, porque fiquei pensativo. Tom estava roncando do meu lado, e Tilly ressonava do outro. Fiquei pensando em tudo o que acontecera recentemente. Tanta coisa mudou. Está tudo mais sério, mais rígido. Menos tranquilo e divertido do que no ano passado.

Eu me sentei e olhei para o grupo. Estavam todos embolados, enroscados uns em cima dos outros, ou lado a lado, onde tivessem adormecido. Acabei rindo. A gente virou mesmo piratas, pensei: todos sem teto, jogados de um lado para o outro como um barquinho em alto-mar. Mas tudo bem, pelo menos estamos juntos. Somos amigos, e somos unidos. É mais do que a maioria das pessoas pode dizer.

Especialmente numa época de merda como essa.

Já era meados de dezembro. Enquanto todo mundo entrava no clima de Natal, eu tinha desenvolvido o hábito de visitar o velho sr. Gerlach dia sim, dia não. A pensão onde ele morava continuava me parecendo inóspita, mas eu não dava mais bola para o cheiro, para o porteiro mal-humorado, para as regras invasivas, nem para as outras coisas que tinham me assustado na primeira visita. Comecei a sentir que havia algo que me conectava àquele senhor, por mais diferente que fôssemos. Algum vínculo que eu não sabia explicar.

O diário dele me fascinava. Tentei imaginar a aparência dele na época, quando menino. No entanto, quando perguntei se ele tinha alguma foto, ele sacudiu a cabeça em negação.

– A gente não tirava fotos – foi tudo o que disse. – Tivemos que prometer a Flint. E cumprimos a promessa.

Eu me perguntei qual deveria ser a sensação de relembrar uma vida tão longa. Seria o garoto que ele fora sessenta anos antes um desconhecido, quase como outra pessoa? Ou haveria algo dentro dele, lá no fundo, em algum cantinho secreto, que nunca mudava, que permanecia igual do seu nascimento à morte, como um nome, a cor dos olhos ou uma pinta nas costas? Seria possível ter familiaridade consigo mesmo depois de tanto tempo? E ainda se reconhecer? E com quem aquele senhor mais se assemelhava: um outro velho atual, ou o menino de antigamente? Todos esses pensamentos me ocorriam sempre que eu lia o diário do jovem Josef Gerlach e, em seguida, o reencontrava já como idoso.

Eu me lembro especialmente bem de um desses dias. Fiquei um bom tempo sentado sozinho na sala, enquanto o sr. Gerlach desaparecera no banheiro. Pensei em como até as menores coisas ficam difíceis e trabalhosas com a idade. Cada ida ao banheiro é uma tarefa, a aventura do dia. De início, esses efeitos colaterais do envelhecimento me geravam repulsa, assim como o cheiro do saguão. No entanto, naquele momento eu já tinha me acostumado, e não me incomodava mais.

    Sentado à mesa, esperando o velho voltar, olhei pela janela, para o jardim da pensão. Tinha neve no gramado e nas árvores, e só a trilha tinha sido limpa. Era raro ver gente caminhando ali, mas, naquele dia, avistei uma silhueta entre os arbustos. Vi alguém de pé, olhando para mim, e, apesar de não conseguir identificar o rosto, escondido por um casaco e um cachecol, tive a impressão de que a pessoa estava me olhando diretamente.

    Dei meia-volta e folheei um jornal largado na mesa. Depois de um tempo, olhei para o jardim de novo. A figura ainda estava ali. Eu me levantei, andei até a porta da varanda, abri e olhei para fora. No entanto, quando me debrucei no parapeito, a pessoa tinha ido embora. Olhei pelo jardim inteiro, mas não encontrei. Não havia vivalma.

    Sacudi a cabeça, surpreso. Será que eu tinha começado a ver coisas? Olhei uma última vez, e voltei para dentro do apartamento. O sr. Gerlach já estava me esperando.

4 DE FEVEREIRO DE 1943

No momento, só se fala de uma coisa: Stalingrado. Nossos soldados foram todos encurralados lá. Aí precisaram se entregar e virar prisioneiros de guerra. Os que sobraram, no caso. A maioria morreu. De tiro, de fome, de frio. Mortes horríveis. Ninguém pode imaginar o que eles aguentaram. Ninguém *quer* imaginar.

Há rumores de que a maioria deles morreu à toa. Dizem que os russos os convidaram a se render há séculos. Os generais queriam aceitar, porque não adiantava mais, e apenas Hitler se recusou. "Soldados alemães nunca se rendem", disse ele, e mandou todos morrerem. As pessoas ficam furiosas quando ouvem essas histórias.

No rádio, voltaram a falar da "morte heroica", e que agora vamos mostrar aos russos a que viemos, mas ninguém quer ouvir isso. Não sei como é em outros lugares, mas, aqui em Ehrenfeld, as pessoas pararam de acreditar nessas coisas. A gente sempre soube, dizem, que não dá para ganhar dos russos. Agora estamos pagando por isso.

Ninguém mais sonha com a vitória final; essa fase já passou. Dizem que tudo o que o alto escalão faz é adiar o inevitável. E que, daqui em diante, cada derrota será uma vitória, porque o fim estará mais próximo.

24 DE FEVEREIRO DE 1943

Más notícias. Uns estudantes de Munique foram executados por distribuir secretamente panfletos contra os nazistas e a guerra. Chamavam o grupo de "Rosa Branca". Um porteiro dedurou eles, e a Gestapo os prendeu. O Tribunal Popular, Volksgerichtshof, condenou eles à morte por subversão ao moral e traição à pátria.

– Agora a gente sabe do que o Goebbels estava falando – disse Tom hoje, quando nos encontramos no abrigo. – Dos vagabundos. E de as pessoas perderem a cabeça.

Ouvimos o discurso a que ele se referia no rádio. Semana passada. Não faltava anúncio. Aparentemente, os nazistas notaram que o moral estava baixo, depois de Stalingrado e dos ataques aéreos constantes. Goebbels tentou fazer pouco caso de tudo. Falou que o que os britânicos dizem nos folhetos é besteira, e perguntou se o público acredita na vitória, se quer guerra total, se tem fé no Führer, e tudo o mais. A plateia sempre rugia "Sim!". No fim, ele perguntou se concordam que todos os vagabundos e todo mundo que vai contra a guerra merece perder a cabeça. Mais uma vez, gritaram: "Sim!".

– Cuidado, daqui a pouco eles não vão mais parar por nada – disse Flint. – Todo mundo que protestar vai para a forca. Vão começar a fazer fila.

– Vocês souberam que aquele pessoal de Munique, além de distribuir panfletos, também pintou frases nos muros das casas? – perguntou Floss. – "Abaixo Hitler!", e outras coisas assim. Foram às escondidas de noite e escreveram.

– Foram corajosos para cacete – disse Flint. – Mesmo sendo estudantes. Eu não teria imaginado.

A gente não gosta tanto de estudantes. Porque eles entraram nas escolas preparatórias. E porque a gente nunca poderia fazer faculdade como eles, mesmo com esforço. No entanto, o que esses estudantes fizeram em Munique foi incrível. Foi um trabalho ótimo, nisso concordamos.

– Sabem por que se chamavam de Rosa Branca? – perguntou Tilly.

– Acho que foi porque antigamente esse nome era do Movimento da Juventude Alemã, que usava uma flor branca como símbolo - respondeu Goethe. - Provavelmente vem daí. Que nem nossa Edelweiss.

Tilly arregalou os olhos.

- Quer dizer que a gente é meio ligado a eles?
- É - disse Goethe -, mais ou menos.

15 DE MARÇO DE 1943

O que a gente fez causou um escândalo enorme. Mais do que esperávamos. Por um lado, é bom, porque o objetivo era agitar as pessoas. Mas, por outro: quem sabe o que pode acontecer agora?

Tudo começou semana passada. Estávamos sentados na frente do abrigo, falando do que queremos fazer este ano. As sirenes soaram e as pessoas vieram correndo de todo canto, como de costume. Era um alarme falso. Depois de alguns minutos, recebemos sinal de barra limpa, e todo mundo foi liberado. Algumas das pessoas estavam xingando a plenos pulmões. Dava para ver o palavrão fervilhando lá dentro.

- Ei, galera, se protejam! - disse Furão. - Aquele cara ali atrás está prestes a explodir. Está quente igual a uma bomba!

Ele apontou para um homem que saía do abrigo, carregando uma mala e resmungando sozinho em voz alta. A esposa vinha atrás dele, trazendo duas espreguiçadeiras dobráveis, e mandou ele ficar quieto. Ele respondeu que não estava a fim de ficar quieto, cacete, e continuou reclamando. As outras pessoas iam passando rápido por eles, sem ousar direcionar o olhar.

- Típico - disse Flint, apontando para as pessoas. - Não veem nada, não ouvem nada, não sabem nada. Mas vocês notaram que o humor hoje está ainda pior do que de costume? E a cada alarme vai piorando.

Vimos as pessoas irem embora. Estavam mesmo em um humor do cão. Ao mesmo tempo, a maioria parecia nem dar bola. Como se já tivessem se resignado ao destino.

– Talvez seja hora de dar uma ajudinha – disse Magrelo. – No moral.

– Como assim? – perguntou Floss.

– Ora, você ouviu o Goebbels, né? Aquele papo de guerra total. Não é difícil imaginar o que quer dizer: eles vão continuar. Até o fim. Até não ter mais uma única parede de pé. Até todo mundo estar farto com essa história. E não acho que devemos ficar de mãos atadas. Ou vocês querem ficar aqui sentados, esperando morrer também? Estou dizendo, se agora não for a hora de agir, então a hora nunca virá!

Isso bateu fundo na gente. Ficamos em silêncio por um tempo, ali agachados, pensando no que ele dissera. De certa forma, todo mundo sentia que ele estava certo, mas ninguém queria admitir. Pelo menos, foi isso que eu senti.

– Ah, sei lá – disse Tilly, finalmente. – Lembra o que aconteceu com aquele pessoal de Munique? Sempre vai ter um babaca para dedurar. E aí a gente se ferra! Se pegarem a gente, vão nos matar. Nem se importam com a idade.

– Pois é! – disse Goethe, olhando primeiro para Magrelo, e depois para Flint. – Eles não se incomodam. Tilly está certa. É perigoso demais.

– Ah, é perigoso! – disse Flint, com um gesto de desprezo. – Tudo é perigoso, Goethe! Tudo dia, e especialmente toda noite. Ninguém sabe se amanhã estaremos aqui, ou esmagados debaixo de escombros. Ou o que a SS reserva para a gente se continuarmos assim. Então, é melhor fazer alguma coisa importante. Acho que Magrelo está certo.

– Mas o que *dá* para a gente fazer? – perguntou Maja.

Ficamos surpresos, porque normalmente ela só escuta, mas, naquela noite, ela se juntou à conversa.

– Não conhecemos ninguém – continuou ela. – E ninguém vai levar a gente a sério. Ou vocês acham que se interessam pelo que uma molecada que nem a gente tem a dizer?

– Não vão saber que veio da gente – disse Magrelo. – Não vamos de megafone para uma esquina. Vão encontrar uns panfletos na caixa de correio. Ou ver alguma coisa pintada no muro da passagem subterrânea durante o caminho para o trabalho. Vão achar que foram outras pessoas.

– Mesmo assim, umas frases de efeito não vão mudar nada – argumentou Furão. – O que acha que as pessoas vão fazer ao lê-los? Que vão catar as armas no armário e começar a revolução? Pode esquecer! É todo mundo covarde.

– Talvez – disse Magrelo. – Mas talvez não. Porque, se os panfletos e as pichações continuarem a aparecer, vão ver que tem gente que os nazistas não conseguem pegar. Talvez isso lhes dê coragem. Talvez possa ser uma pequena bola de neve que vai começar uma enorme avalanche.

Furão não se convenceu, mas Floss escutou Magrelo com uma expressão meio pensativa.

– Pode ser verdade – disse ela. – E talvez nem tenha importância se não mudar nada. Talvez o importante seja só fazer alguma coisa. Por nós mesmos, sabe? Só por nós.

Passamos horas conversando, até tarde da noite. No fim, o que Floss dissera foi decisivo. Porque é verdade: ninguém sabe o que vai acontecer com a gente, nem com o que a gente faz. Não podemos planejar nada, já que bombas caem ao nosso redor praticamente toda noite. Então o melhor é fazer o que achamos certo. Tenha propósito, ou não. De qualquer forma, aí poderemos nos olhar nos olhos. E não tem tanta gente hoje em dia que pode dizer isso.

No fim, todos concordamos, até Maja, Goethe e Furão. Discutimos o que realmente queríamos fazer, e acabamos escolhendo o que Magrelo tinha sugerido ano passado: catar os panfletos jogados pelos soldados britânicos e distribuí-los em segredo. É o mais simples, porque não sabemos fazer panfletos próprios. Nem sabemos escrever nada tão rebuscado. Então pensamos: por que inventar a roda, se ela já foi inventada?

O ataque aéreo seguinte veio duas noites depois. Esperamos até acabar e todo mundo sumir do abrigo de novo, e aí entramos em ação. Os panfletos geralmente chegam quando está todo mundo ocupado, tentando apagar incêndio. Foi o que aconteceu mesmo. Corremos de um lado para o outro de Ehrenfeld e recolhemos tudo o que encontramos. Não atraímos muita atenção. Nas noites de bombardeio, ninguém tem tempo para perder com a gente.

Isso foi ontem. Esperamos até passar de meia-noite, porque aí normalmente não tem mais ninguém na rua. Flint e Murro tinham juntado e escondido todos os panfletos. Eles nem contaram para a gente onde era o esconderijo, para ninguém poder entregar, caso a coisa ficasse feia. Aí eles trouxeram os panfletos de volta, e foram eles que os espalharam pelas caixas de correio também. O restante do grupo ficou de vigia: de uma ponta à outra da rua em que estivéssemos, e de olho nas perpendiculares também, para não sermos pegos de surpresa. Felizmente, estava tudo tranquilo. Conseguimos cobrir a área toda dos dois lados de Venloer sem problemas. Até que os panfletos de Flint e Murro acabaram, então fomos embora.

Quando voltei do trabalho hoje, o mundo tinha desabado. O vigia do nosso quarteirão tinha encontrado um dos panfletos na caixa de correio. De início, achou que só tinham sido entregues no nosso prédio, e, portanto, tinham sido distribuídos por algum morador. Só que ele acabou descobrindo que os panfletos tinham sido espalhados por Ehrenfeld inteiro. Ouvi ele interrogar todo mundo no prédio, perguntando se tinham visto alguma coisa durante a noite. Ninguém tinha visto nada. Algumas pessoas até deixaram claro que não contariam se tivessem. No fim, ele foi embora, roxo de raiva, carregando os panfletos debaixo do braço.

– Isso vai ter consequências! – urrou.

No nosso apartamento, tinha um panfleto na mesa da cozinha. Minha mãe deve ter pegado na caixa de correio. Não consegui conter um sorriso quando vi. Ela me perguntou se eu sabia alguma coisa dessa história.

– Não, por quê? – Fiz cara de desentendido.

Mas ela sempre sabe quando eu minto, tem algum sexto sentido. Queria saber se eu tinha alguma coisa a ver com aquilo.

– Pelo amor de Deus, não, eu não sou burro.

Ela precisou se sentar. Quando me olhou, notei que ela estava com medo.

Falei que ela não precisava se preocupar, que nada aconteceria comigo. Não foi o suficiente para acalmá-la. Ela ficou ali sentada, parecendo pequena, encolhida. Então falou que eu já tinha 16 anos, idade para saber o que estava fazendo, mas que precisava tomar cuidado, pelo amor de Deus.

Ah, cuidado! Não é exatamente nosso ponto forte. No fim, acabei prometendo mesmo assim, para ela parar de preocupação. Quando fui embora, vi ela enfiar o panfleto na gaveta. Bem no fundo, para ninguém encontrar. Mas tudo bem. Ela poderia ter rasgado.

17 DE ABRIL DE 1943

Horst voltou para Colônia faz uns dois dias. Acabaram os seis anos dele na Sonthofen, e ele se formou como um dos melhores da turma. Agora, ele vai entrar na SS. Ele diz que isso vai abrir todas as portas para ele, do jeito que sempre quis.

Foi esquisito encontrar ele na estação. Afinal, fazia quase dois anos que a gente não se via. Ele estava de uniforme da SS e, primeiro, eu quis gritar, como sempre faço quando vejo um dos soldados. Até que notei que, dentro do uniforme, estava Horst. Ele tem 18 anos, mas parece mais velho. De relance, nem reconheci meu irmão. Mas, olhando melhor... é, ainda está igual.

Eu já tinha escrito uma carta para ele contando que tinha largado a JH e feito outros amigos. Obviamente não falei quem eram esses amigos e o que a gente faz, porque não é coisa para carta. Ele nem respondeu. Mas isso não quer dizer que não se importa. Não, eu conheço Horst – ele prefere esclarecer uma coisa dessas pessoalmente. Só entre nós dois. Então eu adivinhei que ele viria.

Hoje, ele chegou no apartamento com dois cartões de racionamento que arranjou. Ele agora tem bons contatos, né? Entregou os cartões para a nossa mãe e mandou ela às compras. Disse para ela ir com calma, voltar sem pressa, porque ele queria conversar comigo.

Quando ficamos sozinhos, ele me atacou. Queria saber qual era o meu problema.

– Por quê? – perguntei. – Como assim, problema?

– Você sabe perfeitamente. Você se meteu em uma merda. Parece que passei tempo demais longe daqui, né?

– Não. Não tem nada a ver com você.

– Acho que tem. Não lembra o que eu te falei? Temos a chance de fazer o que quisermos. Você não parece ter prestado atenção. Então me explica aí toda essa besteira que você escreveu para mim?

Tentei contar tudo. De Morken, das agressões, das brincadeiras de soldados, daquela baboseira de morte heroica, de tudo que me fez sair da JH.

– Não sou que nem você – concluí. – Não quero ter nada a ver com essa gente. Elas me dão nos nervos.

Ele me olhou, pensativo. Depois foi até nosso antigo quarto, que dividíamos antes de ele ir para a Sonthofen, e nos sentamos na cama.

– Lembra quem sempre ia te resgatar quando você apanhava na rua? – perguntou ele.

– Sim. Era você.

– E quem te mandava a real quando o velho não abria a boca, para variar?

– Você também, cacete. Mas não é justo, Horst. Não tem nada a ver com isso.

– Tem um pouco a ver, sim. Tem muito a ver. Porque eu espero que você me escute, depois de tudo o que fiz por você. Ainda mais agora que o velho morreu. Então me escute! Sei que tem uns idiotas na JH. Não é tudo que funciona como deveria. Mas são problemas do crescimento. Não dá para fugir quando uma coisa dessas acontece. É só fechar os olhos e suportar. Quantas vezes você imagina que eu precisei fazer isso?! Ou acha que tudo caiu no meu colo nesses últimos anos?

– Não.

– Pronto, viu? O que você está pensando? Quer passar o resto da vida preso a um lixo de fábrica, que nem o velho? Vou te dizer: você é, *sim*, como eu. Tudo que eu posso fazer, você também pode. Então toma tenência, menino. Caramba!

– Ah, tomar tenência! – repeti. – Já é tarde, já foi. Mesmo que eu quisesse, não poderia voltar para lá.

– Que nada! Está falando besteira, moleque! Claro que pode voltar. Se eu conversar com o pessoal da JH, resolvo tudo. Sem muita complicação. Você não vai precisar se arrastar na neve, nem nada disso. Talvez até consiga parar com a maldade dos Morken. Tenho muita influência agora, sabe. E usaria isso para te ajudar. É só você pedir.

– É, mas a questão é essa – eu disse, e aí me abri de verdade. – Não é só por causa do Morken e dessas coisas. Eu só não gosto dessa coisa toda, Horst.

Ele me olhou, incrédulo.

– Cacete, você surtou, é? – Ele me pegou pelos ombros. – Quem está enfiando essas ideias na sua cabeça? Quem são esses sujeitos com quem você anda? Vai, desembucha!

– Não. Não posso contar.

– Como assim, não pode? – perguntou, apertando com mais força. – Não me deixe com raiva, moleque!

– A gente jurou não contar. São meus amigos, Horst. Que nem os amigos que você fez na escola. Lembra? Você me contou.

Ele hesitou, e finalmente me soltou. Amizade e camaradagem eram definitivamente o argumento certo para usar com ele. Depois de um tempo, concordou com a cabeça.

– Tá legal, não quer dedurar seus amigos. Tudo bem, não vou te obrigar. Não preciso. Vou descobrir sozinho, pode acreditar.

Quando ele falou isso, fiquei com medo de ele descobrir coisas que metessem a gente em confusão. Quis impedi-lo, mas ele me interrompeu.

– Não me diga o que fazer, pirralho. De jeito nenhum que vou te deixar estragar tudo. Se você não quer se cuidar, cuido eu.

Ele se levantou e foi andando até a porta, mas acabou se virando de novo.

– Tem um moleque na liderança, né? – perguntou. – Como ele se chama? Flint?

Fiquei enjoado.

– Onde você ouviu isso? – gaguejei.

– Perguntei de você por aí. Qual é o nome do cara, afinal?

– Não faço ideia.

– Então não quer me contar? Tanto faz. Vou encontrar ele. E, quando a gente se resolver, ele vai te deixar em paz. Pode apostar sua vida.

Com isso, ele se foi. Chamei ele, porque não queria que fosse atrás do Flint, mas não dava para conversar. Ele sempre foi assim. Quando Horst mete uma ideia na cabeça, ele age. Dessa vez, não pude culpá-lo. Afinal, acha que está fazendo isso por mim.

Agora estou aqui sentado, sem saber se deveria advertir Flint. Ou o que fazer. Porque uma coisa é certa: se esses dois se encontrarem, vai ser um desastre. E um desastre daqueles!

18 DE ABRIL DE 1943

Não sei como Horst conseguiu, mas ele deu um jeito de achar o Flint. Eles foram a um lugar onde não seriam incomodados e se resolveram entre si. Depois disso, Horst voltou para casa. Parecia que um trem tinha atropelado a cara dele. Estava todo vermelho e inchado, cortado e amassado. Mas ele não estava incomodado; na verdade, estava de ótimo humor.

– Mostrei qual era para aquele filho da mãe – anunciou, logo que passou pela porta.

– Ele não é um filho da mãe, Horst. É meu amigo. O que você fez com ele?

– Ah, o que eu falei, né? Deixei claro que é para ele te deixar em paz. E meus argumentos foram bem convincentes – disse, socando a mão. – Acho que ele me entendeu. Porque ele se saiu um pouco pior do que eu, sacou?

– Você está doido. Pare de se meter! Eu não pedi...

– Vou me meter o quanto quiser. Você já provou não ser capaz de cuidar da própria vida. Então eu vou cuidar. Não tem motivo para você se agitar!

Aí ele se aproximou e levou a mão ao meu ombro.

– E agora me escute! – continuou. – Não tem problema nenhum na JH, já falei com umas pessoas hoje cedo. Pode voltar quando quiser, como se nada tivesse acontecido. Arranjei o mesmo para o Tom. Então podem resolver isso logo amanhã. Mas vai ter que ir sozinho... desta vez, não posso ir segurar sua mão. Preciso ir embora, o dever me chama!

– Horst, não sei se...

– Mas eu sei. Da próxima vez que eu vier, vai estar tudo resolvido. Entendeu?

– Quanto tempo você vai passar fora?

– Acha que nos dizem? Tem muito trabalho a fazer. Posso demorar para ter um ou dois dias de folga.

– E aonde você vai?

– Lá para o leste. Vou saber só amanhã, quando partirmos. Mas, mesmo se eu soubesse, não poderia contar.

– O que você vai fazer, então?

– Não sei, moleque. Agora, chega de perguntas! Só dê um jeito nas suas coisas! Não quero ouvir mais nenhuma reclamação a seu respeito, entendeu?

Depois disso, ele se despediu de mim e da nossa mãe. Eu saí para caminhar. De repente, voltei a sentir dúvida. Eu me sentia pequeno e ridículo depois de tudo o que Horst dissera. Talvez eu esteja mesmo fazendo tudo errado, pensei. E ele fez tanta coisa por mim! Não posso decepcioná-lo agora!

Mais tarde, quando anoiteceu, encontrei a galera. Flint foi o último a chegar. Ele estava no mesmo estado do Horst. Nenhuma diferença. E o humor estava igualmente animado.

– E aí, Gerlo – falou. – O filho da mãe do seu irmão veio me ver hoje.

– Ele não é um filho da mãe, é só meu irmão, tá? Vamos deixar por isso mesmo, Flint.

– Tá, deixa para lá. Ele queria que eu te deixasse em paz. Você soube?

– Ele me contou. O que aconteceu?

– Isso é entre nós dois. Enfim, eu deixei claro que você é um de nós, e não um idiota da JH. Então está tudo resolvido de vez.

– Que engraçado. Ele contou uma história um pouco diferente.

Flint gargalhou.

— Se ele quiser que eu sove a informação na cabeça dele, pode ficar à vontade. Estou sempre pronto para encontrá-lo. Pode dar o recado!

— Não posso. Ele parte para o serviço amanhã.

— Que serviço?

— Na SS.

Quando Flint ouviu isso, o humor dele caiu que nem uma pedra. Ele se aproximou e se sentou ao meu lado.

— Me escuta, Gerlo. Ele pode até ser seu irmão, e ser importante para você. Mas, daqui em diante, você precisa tomar cuidado com ele. SS, cara! Eles aprendem à força a delatar tudo. No fim, a família não tem importância para eles.

— É, eu sei. Mas Horst é diferente...

— Fala sério, cara, não acredite nessa besteira. Ele passou anos naquela escola nazista, né? Então não é nada diferente. Mesmo que fosse um dia... para lá, eles distorcem todo mundo. Você não pode contar nada da gente para ele, nunca! De jeito nenhum!

— Ei, Flint, eu nunca contei nada, e nunca vou contar. Quem você acha que eu sou? Quer me expulsar, é isso?

— Não — disse ele, levantando a mão e sacudindo a cabeça. — Não quero, não. Foi mal, cara.

Foi a primeira vez que o ouvi pedir desculpas por qualquer coisa.

— Quero que você fique aqui — continuou. — Você é um de nós. Ninguém vai mudar isso.

Mais tarde, ficamos todos sentados juntos, de zoeira. É claro que a cara do Flint era o principal assunto, porque estava colorida que nem um arco-íris de tanto hematoma. Cantamos nossas músicas e conversamos sobre o que quisemos por um tempo. Depois, tive ainda mais certeza: nunca vou voltar à JH! Os Piratas de Edelweiss são os melhores amigos que já tive. Meu lugar é com eles, e com mais ninguém. Que nem o Flint disse.

Não estou com raiva do Horst por tentar me fazer voltar ao caminho certo – ao caminho certo *dele*, no caso. Eu até ficaria meio triste se ele não tentasse, porque aí acharia que ele não se preocupa mais comigo. Mas não vou fazer o que ele quer. Eu *sou* diferente dele, sim. Um dia, ele vai entender.

———•◦•———

De certa forma, minhas visitas ao velho sr. Gerlach eram como excursões a outro mundo. No apartamento dele, era tudo silencioso e tranquilo, tudo devagar e cuidadoso – basicamente o oposto à minha vida costumeira. Ele também era sempre quieto e reservado; durante todo aquele tempo, nunca o ouvi levantar a voz. Ele me parecia muito dócil, e era difícil imaginá-lo machucar alguém.

Então fiquei chocado com o que li no diário. A rebeldia e as gírias, as brigas e batalhas com a JH: não combinava. O jeito casual com que ele e os amigos pegavam socos-ingleses e compravam briga... eu não conseguia associar à imagem dele. Um dia, perguntei a respeito.

– Então isso o surpreende? – disse ele.

– Um pouco, sim. Às vezes as coisas ficam meio confusas comigo e com meus amigos... mas não a esse ponto. E não combina nada com o senhor!

– Ah! Você acha? – disse ele, me olhando fascinado, e concordou com a cabeça. – É, bem, você não viveu isso. Não pode imaginar como eram as coisas na época. Surras e brigas eram normais. Eram parte da vida comum; a gente nem falava disso. Meu pai, por exemplo, me batia sempre.

– Por quê? Ele bebia?

– Não, não bebia. Pelo menos não mais do que o restante. Não sei o motivo. Provavelmente porque o pai dele o tratou assim também. Ele não sabia fazer de outro jeito; as coisas eram assim. Ele nem teria entendido se você perguntasse. Palavras não chegavam longe na nossa área, sabe. Se surgisse uma disputa, não se resolvia no papo, mas no soco. As coisas eram assim.

Ele se levantou e fechou a porta da varanda. Tinha começado a nevar lá fora, e soprava um vento gelado. Na visita anterior, eu tinha notado que o frio fazia mal para ele, mesmo que ele tentasse não demonstrar.

– Era igual em todos os lugares – continuou ele, ao se sentar. – Na escola, a gente apanhava dos professores; na JH, dos líderes; e no trabalho, dos gerentes. A gente não precisava fazer nada... sempre tinha um motivo. E, além do mais, estava acontecendo uma guerra. Soldados ganhavam medalhas de bravura por matar. Todo mundo amava o heroísmo deles. Havia violência por todo lado. Crescemos assim.

Ele abanou uma mão. Era raro ele usar tantas palavras, e falar parecia tê-lo cansado. Quando ele se levantou, parecia exausto. Foi até a janela, onde ficava a gaiola dos passarinhos, e pegou o pacote de sementes.

– Não me entenda mal. Não éramos malandros criminosos, nem nada disso. Mas também não fugíamos de briga. As coisas que vivíamos davam tanta raiva que era preciso extravasar. E era mais fácil brigar.

Eu o vi alimentar os pássaros, que eram seu amor e orgulho. Vez ou outra, ele os soltava da gaiola, e eles voavam pela sala, subiam e desciam o armário. Quando ele assobiava, os passarinhos voltavam e pousavam na mão dele. A brincadeira preferida do sr. Gerlach era soprar nos passarinhos, que se sacudiam, agitavam as penas e enchiam o peito.

Ele sempre parecia perdido em pensamentos ao fazer isso. Eu gostava de ver. Ele me parecia tão em paz.

14 DE JUNHO DE 1943

Já que as coisas deram tão certo na primeira vez, tentamos distribuir panfletos mais algumas vezes nas últimas semanas. Para ninguém achar que foi só uma piada boba. Para verem que há um sistema. Que é sério.

Por muito tempo, nada de ruim aconteceu. Tomamos cuidado sempre, ninguém nos pegou, nem nos seguiu. Mas, é claro, não temos como ver o que acontece nos bastidores. E devia estar acontecendo muita coisa. Como descobrimos ontem.

Como todo ano, era hora da nossa viagem ao Felsensee para a Festa do Divino Espírito Santo. Estávamos preparados, então não seria como no ano passado, quando fomos pegos pela SS na estação. Flint arranjou passes de viagem falsificados, para a inspeção. E fomos de roupa comum, com as outras na mochila para trocar já em Felsensee. Assim, atrairíamos menos atenção, esperávamos... exceto pelo cabelo. Mas isso deixamos como está. Ainda não somos tão cuidadosos assim!

Tinha pelo menos o dobro de gente no lago do que no ano passado. Facilmente umas duzentas. Agora, conhecemos quase todo mundo. Quando descemos a trilha, fomos recebidos por uma tempestade de aplausos, e muito estrondo. Parecia até que tínhamos passado um ano longe de casa, e estávamos finalmente voltando. O melhor momento é sempre quando atravessamos as árvores, sentimos o sol, o cheiro da fogueira, vemos a água cintilante, encontramos os outros, e sabemos: agora voltamos ao nosso lugar, onde ninguém pode nos tocar. Onde todos estão do nosso lado. Onde podemos ser plenamente autênticos.

Ao longo do dia, ouvimos que o pessoal de Wuppertal, com quem nos sentamos ano passado, assim como alguns outros grupos, têm passado por umas coisas bem ruins recentemente. Eles não queriam muito falar do assunto, mas, à noite, ao redor da fogueira, contaram.

— A cadeia de lá é muito violenta – disse um deles, o mesmo que nos avisou da SS no ano passado. – É por isso que alguns de nós não vieram este ano. Estão presos lá, esperando julgamento.

É claro que isso chamou nossa atenção. Queríamos saber o que tinha acontecido. Ele olhou ao redor do círculo, como se quisesse conferir que todo mundo ali era de confiança. Finalmente, começou a falar.

— Em novembro, fomos passar o fim de semana em Düsseldorf, para encontrar um pessoal. Alguém deve ter dedurado. Enfim, de repente a SS apareceu, e nos prendeu. Revistaram a gente na delegacia. A gente fez a idiotice de ainda guardar uns panfletos, que íamos levar para a galera de Düsseldorf. Enfim, aí é claro que foi o maior auê, como vocês devem imaginar. Levaram a gente para a Gestapo imediatamente.

Quando ele disse isso, todo mundo se calou na mesma hora. Já estamos acostumados com muita coisa, e é difícil nos chocar, mas... Gestapo! Essa palavra dá calafrios. É uma palavra que só se cochicha. E todo mundo espera nunca ter nada com eles.

— E aí? – Floss acabou perguntando.

Ele a olhou rapidamente, antes de sacudir a cabeça e voltar a olhar para a fogueira.

— Não quero falar disso – murmurou.

De alguma forma, isso foi ainda pior do que se ele tivesse discorrido com uma descrição incessante do inferno. Normalmente, não admitimos sentir medo. A gente disfarça com piada, ou finge que não se incomoda.

Pensei: O que deve ter acontecido com ele!? Deve ser ruim mesmo, para esse cara, sempre tão maneiro, não conseguir nem falar!

— Começou toda uma avalanche – continuou outro cara de Wuppertal. Vasculharam centenas de apartamentos. Na nossa área, em Düsseldorf, em Duisburg, em Essen... foram abrindo o círculo. Confiscaram tudo que não estivesse pregado. Passes de viagem falsificados, violões, composições, cartas, roupas, crachás de Edelweiss... tudo. Sempre que encontravam alguma coisa pior, panfletos ou armas, prendiam as pessoas. São essas pessoas que vão ser julgadas.

— Se forem condenados, o que vai acontecer? — perguntou Flint.

— Com sorte, dá cana. Senão, vão para Moringen. O campo de concentração de jovens.

Ele contou mais umas coisas, e insistiu para tomarmos cuidado com tudo. Nada de nome, nada de endereços anotados por aí, nada de registrar músicas, nada. Ninguém mais está seguro, disse ele. Desde a história dos panfletos.

— De onde vocês tiraram os panfletos, afinal? — perguntou Magrelo.

— No começo, usamos os britânicos e espalhamos em segredo. Mas aí eles passaram séculos sem jogar nenhum, e começamos a fabricar nossos próprios panfletos. Um dizia: "Logo chegará o dia de nossa liberdade. O fim das amarras da maldade. Não precisaremos disfarçar, as músicas que por dentro amamos cantar". A gente os largava em lugares com muita gente. Estações de trem e tal. Aí fugíamos. Porque, se fôssemos pegos... caramba! Iríamos logo para a Gestapo. E, se nos pegassem, seria um Deus nos acuda!

Naquela noite, fomos dormir com a cabeça a mil. Tinha começado a chover, então nos enfiamos nas barracas. Finalmente, adormecemos, mas um barulho nos acordou de madrugada. De início, eu não sabia o que estava acontecendo. Só vi que a porta da barraca estava aberta, que tinha gente lá, de botas pretas pesadas, e que uma água pingava na gente. Até que Flint começou a gritar, e entendi: aquela gente era da SS, e eles estavam mijando na gente.

Queríamos sair com tudo, mas, antes disso, a barraca foi rasgada por todos os lados. Alguém me arrastou para fora, e recebi uma pancada tão forte na cabeça que achei que tinha me estilhaçado. Quando estava quase me recuperando da zonzeira, vi que uma tropa enorme da SS tinha atacado o acampamento. Devem ter derrubado os vigias. Estavam em todas as barracas, arrastando e espancando as pessoas. Enlouquecidos, com cassetetes e barras de ferro. Ninguém teve a oportunidade de se defender, porque estava todo mundo meio dormindo, e no fundo tinha soldados com submetralhadoras apontadas para a gente.

Tinha sangue escorrendo pelo meu rosto, e eu fiquei deitado no chão, imóvel, para ninguém pensar em me bater de novo. Foi um inferno ver toda aquela pancadaria sem poder fazer nada. Mas qual era a opção? Eles eram muitos, estavam armados, e não parariam por nada.

Finalmente, acabou. Eles nos puxaram de pé, e nos levaram à orla. Flint e Murro eram os mais acabados do nosso grupo, porque tinham revidado por mais tempo. Não que o restante estivesse muito melhor. Estava todo mundo sangrando, e Furão mal conseguia nadar. Só as garotas tinham sido deixadas em paz – ou pelo menos era o que parecia.

Aí nos levaram embora. Trilha acima, Reno abaixo. Ainda estávamos em choque total, empurrados que nem um monte de prisioneiros. Eles não paravam de gritar e bater nas nossas costas. Tinha caminhonetes na estrada. A gente dizia a cidade, e eles nos enfiavam na caminhonete certa. Aí abaixavam a lona, e éramos carregados para Colônia – ou para Wuppertal, sei lá.

Foi uma jornada assustadoramente silenciosa. Ninguém ousava dizer nada, nem olhar para nada, por medo de nos espancarem de novo. Finalmente, a caminhonete parou. Fomos empurrados para fora, e levados a um prédio. Quando vi, meu coração afundou até os pés, e aposto que foi o mesmo com todo mundo. Era a EL-DE Haus, em Appellhofplatz – o QG da Gestapo em Colônia. Todo mundo que tem cérebro se mantém bem longe.

Era madrugada, mas todas as janelas estavam bem iluminadas. Pareciam estar à nossa espera. Tivemos que entrar e nos enfileirar junto à parede em um corredor comprido e simples. Lembrou um pouco o ano passado na delegacia – mas foi pior. Tem alguma coisa no ar naquele lugar que acaba com a gente. E ainda tem todas as histórias! Gritos que dá para ouvir da rua no meio da madrugada. Não consegui parar de lembrar, parado ali. Tremi de medo.

Eu estava na frente da fila, então precisei ir primeiro. A sala à qual me levaram era bem pequena, e tinha um cheiro esquisito. Dois homens da Gestapo me esperavam. Um era pequeno e magro, e estava sentado à mesa quando cheguei. O outro era forte e alto, com um rosto feio e brutal, e estava recostado na parede.

Primeiro, registraram minhas informações. O magro fez perguntas e anotou as respostas em um formulário. Estranhamente, ele foi muito simpático, e até fez umas piadas. O feio não falou nada. Fico só parado ali, olhando para mim de soslaio, sem nunca mudar de expressão. Vez ou outra, as mãos dele tremiam. Fui ficando nervoso.

O magro perguntou por que eu estivera em Felsensee, qual era o significado das minhas roupas, por que eu não estava na JH, quem eram meus amigos em Colônia, coisa e tal. Nitidamente queriam saber dos Piratas de Edelweiss. Eu me fiz de bobo, que nem com a polícia, no ano passado. Mas desde o início tive uma sensação esquisita. Uma coisa estava óbvia: nós três sabíamos que eu estava mentindo.

Finalmente, o magro se levantou e deu a volta na mesa.

– Vamos nessa, meu filho – disse ele, pondo a mão no meu ombro. – Desembucha: por que você fez aquilo? Com os panfletos?

Fui pego totalmente de surpresa. Como ele sabia disso? Ninguém nos vira. Ou vira? Talvez alguém estivesse nos espionando? Um dos vigias? Talvez tivessem nos dedurado?

Por sorte, me segurei no último segundo, antes de falar uma burrice. "Não!", pensei. Eles não sabem nada. Não podem saber nada. Óbvio que souberam dos panfletos. Provavelmente receberam na caixa de correio também. E agora querem saber quem foi.

Somos de Ehrenfeld e já nos metemos em encrenca com a polícia, então somos suspeitos. Agora estão testando o velho truque de fingir que já sabem de tudo.

Por isso, perguntei:

– Que panfletos?

Assim que falei, o feio me atacou. Foi tão rápido que nem o vi chegar. Ele me agarrou, com uma mão no colarinho e a outra no cabelo, e me empurrou na mesa.

– Os-pan-fle-tos-nas-cai-xas-de-cor-re-io-em-Eh-ren-feld – vociferou, batendo minha cabeça na mesa a cada sílaba.

O corte feito na minha testa no Felsensee voltou a se abrir, com sangue pingando na mesa. Minha cabeça quase explodiu, e fiquei tonto. Precisei me segurar para não desmaiar.

O magro me soltou das mãos do feio, levou-o para o canto e discutiu com ele. Mandou ele se acalmar etc. Depois, voltou para mim e me entregou um lenço.

– Aqui, pode limpar o rosto.

Peguei o lenço e pressionei a cabeça para estancar o sangue.

– E limpe essa sujeira da mesa também... é melhor ser rápido! – rosnou o feio, do canto da sala.

Tentei obedecer, mas não deu certo. Quando eu tirava o lenço da testa para limpar a mesa, o corte voltava a sangrar. Não dava para conter o sangue.

O feio foi ficando cada vez mais agitado, disse que eu ficaria devendo uma mesa se não conseguisse limpar aquela ali. O magro discutiu com ele de novo, e me deu um segundo lenço. Funcionou: apertei o anterior na testa e limpei a mesa com o novo, até não ter mais sangue.

– Isso – disse o magro. – Você está indo bem. Agora, quer contar dos panfletos?

– Mas eu não sei nada mesmo!

O feio queria voltar à ativa, mas o magro o segurou.

– Você está no meio da merda, moleque – disse ele. – Mas quero te ajudar. Você só precisa me ajudar também. Senão, vou ser obrigado a te deixar sozinho com meu colega. Entendeu?

– Mas é verdade. A gente não tem interesse em panfleto, nada disso. Tá certo, às vezes a gente faz besteira. Mas é só diversão. A gente não dá a mínima para política e esses negócios. É muito complicado.

Eles continuaram insistindo por um tempo, mas tive certeza de que eles não tinham prova alguma, senão já teriam começado a usar. Por isso, mantive a história de que éramos inofensivos. Não sei se acabaram acreditando, ou não tinham mais o que fazer. Enfim, me liberaram. Primeiro, contudo, disseram que da próxima vez eu não me livraria assim; se eu me metesse em encrenca de novo, me manteriam lá e me fariam passar por poucas e boas, ou me mandariam para um acampamento de treinamento militar, ou ainda inventariam outra coisa. De qualquer jeito, era para eu ficar longe.

É claro que fugi o mais rápido possível, e dei um jeito de voltar para casa e lamber minhas feridas.

Hoje, encontrei o restante do grupo. Todo mundo tinha passado pelo mesmo tratamento. Só que o magro tinha dito que eu já confessara tudo, então não adiantava negar. Por sorte, ninguém acreditou. Ninguém contou nada, todo mundo se fez de bobo. Parece que a gente se safou com um susto e uns machucados.

É claro que nosso humor está péssimo. Não era o que a gente imaginava para o passeio de feriado. Agora nem em Felsensee tem segurança. E, de agora em diante, sempre que alguma coisa acontecer em Ehrenfeld, vamos ser acompanhados de perto pela Gestapo. Não é o melhor dos futuros!

Mas tem outra coisa que pesa na minha barriga que nem uma pedra. Quando eles me levaram à EL-DE Haus para o interrogatório, passei pelas escadas que levavam ao porão. E ouvi alguma coisa lá; urros horríveis, que nem de bicho.

Mas não era bicho nenhum. Era gente urrando lá embaixo.

29 DE JUNHO DE 1943

Depois do que aconteceu com a Gestapo, passamos um tempo de cabeça baixa. Ninguém queria admitir, mas ficamos mesmo assustados com essa história. Apesar de ter dado certo no fim, não dava para escapar da sensação de que os torturadores na EL-DE Haus eram capazes de muito mais do que aquilo. De qualquer jeito, nenhum de nós quer encontrá-los de novo.

Por isso, deixamos os panfletos quietos por um tempo, e também não nos encontramos. Só voltamos a nos ver ontem à noite – e mesmo assim foi um encontro meio forçado. Porque as sirenes soaram no meio da noite: ataque aéreo. Catei a mala que minha mãe deixa pronta ao lado da cama, chamei ela e a levei ao abrigo Taku. Lá fora, de tantos holofotes no céu e sinalizador pirotécnicos jogados pelos aviões, estava tudo claro como o dia. A artilharia antiaérea estava à toda, e o ar ficou cheio de estilhaços de bala, que choviam na gente. Assim que chegamos ao abrigo, caíram as primeiras bombas.

Minha mãe entrou e desceu, enquanto eu esperava o pessoal. Pouco a pouco, eles foram chegando. A gente queria ficar lá fora, como sempre, mas ontem a noite estava quente demais até para nós. Não foi um mero ataque; parecia o fim do mundo. Cem vezes pior que o ataque dos mil aviões do ano passado. Acabou com tanta fumaça e poeira no ar que mal dava para respirar, nem para enxergar, então acabamos entrando no abrigo.

O guarda que cuidava do abrigo queria nos mostrar nossos lugares, mas fingimos que ele não estava lá e nos sentamos onde quisemos. Lá embaixo, o clima era um pesadelo. Todo mundo agachado na cadeira, com as malas entre as pernas, de máscara de gás no colo, esperando para ver o que viria. Duas bombas estouraram tão perto que o gesso quase caiu do teto. Em certo momento, a luz acabou. Ficou um breu, todo mundo gritou, o guarda deu uns berros e se fez de importante. Mas, depois de alguns minutos, a luz voltou e, por fim, o pior tinha passado. O barulho parou, e saímos do buraco.

Todo mundo queria saber como as coisas estavam em suas casas, então nos separamos. Tom e eu esperamos nossas mães e voltamos com elas a Klarastrasse. Não tinha acontecido muita coisa na nossa quadra, mas uns poucos outros prédios ali por perto tinham pegado fogo ou sido devastados, restando apenas os escombros. Fomos até lá para tentar ajudar. O que vimos foi horrível. Em um dos prédios, o porão que as pessoas tinham usado de abrigo fora soterrado. Dava para ouvir elas gritarem. Tentamos afastar os escombros e cavar uma passagem, mas não adiantava. Metade do prédio estava em cima delas. Chegou certo momento em que não dava para fazer mais nada, e precisamos desistir. Os gritos já tinham parado havia muito tempo.

Havia pessoas vagando por lá, completamente enlouquecidas. Cobertas de sangue e terra, gritando por outras pessoas, pelos filhos, sei lá. E começaram mais ataques. Bombas de fragmentação e minas aéreas, no meio das ruas em chamas. Precisávamos nos esconder a cada um ou dois minutos. Tinha corpos por todo lado entre os escombros.

Hoje, saí com Flint e Tom para ver o que restava de Ehrenfeld. Pouca coisa. Metade da cidade está em ruínas. Tinha detentos do trabalho forçado recuperando os corpos e, em todas as ruas, vítimas das bombas enchiam carrinhos de mão com todos os seus bens para levá-los embora. A maioria não fazia ideia de para onde iria.

– Já falei, tinha um método no uso das bombas de fragmentação – disse Flint. – Eles jogaram quando já estava todo mundo pelas ruas para ajudar. Queriam matar o máximo de gente, pode acreditar.

– Mas por quê? – perguntou Tom, e sacudiu a cabeça. – Não entendi. Não fomos nós, coitados de Ehrenfeld, que começamos a guerra. Foi o alto escalão nazista em Berlim. Por que os britânicos não vão lá foder com eles?

– Ah, não viaja – disse Flint. – Alto escalão é sempre igual. Qualquer que seja o país.

No caminho, vimos que a JH estivera ocupada. Tinham corrido para todo lado com baldes de tinta e pintado frases de ânimo nas paredes. Coisas tipo "A vitória final é nossa!", e "O Povo Alemão não desiste nunca!". A gente não sabia se ria ou chorava, de tão nojento.

Finalmente, Flint parou na frente de uma das pinturas: "A luta continua!", dizia a frase na parede. Ele apontou para ela e olhou para nós.

– O que acham, gente? – perguntou. – É um desafio?

31 DE JULHO DE 1943

Não demorou muito para agirmos de acordo com a tal frase na parede. Alguns dias depois do ataque, nos encontramos no Volksgarten, e concordamos bem rápido: não podemos nos deixar perder o rumo só porque a Gestapo encheu nosso saco! Afinal, nada aconteceu além de uns narizes quebrados. E, com cuidado, podemos continuar assim.

Além do mais, quando pensamos no dia na EL-De Haus, uma fúria fria toma conta de nós.

– Não dá para aguentar tudo isso deitados – disse Magrelo. – Temos que fazer alguma coisa, mostrar para eles. A gente deve isso a nós mesmos.

– Isso – concordou Flint. – E, afinal, nossas vidas não valem mais nada, já que os ataques continuam assim. Então não adianta exagerar no cuidado.

Lembramos o que o pessoal de Wuppertal nos contara no Felsensee, sobre os panfletos, e decidimos copiá-los. Magrelo falou que conhecia alguém que trabalhava de aprendiz em uma gráfica. Disse que era alinhado com a gente, e que sabia guardar segredo, então ele pediria ajuda.

Uns dias depois, Magrelo arranjou tudo. Não contou para a gente o nome do cara, só disse que podíamos confiar nele. Não perguntamos mais nada. Às vezes, é melhor não saber. Se eu fosse ele, insistiria nisso.

Há umas duas ou três semanas, os primeiros panfletos ficaram prontos, e agora temos vários, com mensagens diferentes. Não escrevemos demais, porque as pessoas não querem ler um textão. Normalmente é só uma manchete, tipo "Abaixo os nazistas" ou "Pare a guerra", e aí explicamos que toda a propaganda é mentirosa, e dizemos como as coisas são.

Na maior parte do tempo, quem escreve é Floss e Magrelo, que são os melhores. Mas, quando é hora da distribuição, o líder é Flint. É a praia dele, e toda vez ele tem ideias novas de método. Da primeira vez, escondemos os panfletos no banheiro da estação, porque lá as pessoas têm tempo para ler, e não têm risco de serem notadas. Da segunda vez, fomos às igrejas e enfiamos os papéis nos livros de cânticos. Da próxima vez, Flint quer dar um jeito de levá-los às cantinas das fábricas.

Não voltamos a usar as caixas de correio em Ehrenfeld. É muito arriscado. Desconfiariam da gente na mesma hora, e nos arrastariam à EL-DE Haus. E quem sabe que métodos arranjariam lá! Nunca escrevemos nada nos panfletos que indique os autores. Magrelo uma vez sugeriu desenhar uma flor de edelweiss, mas logo mudamos de ideia. Perigo demais! Além disso, como disse Floss, é bom deixar as pessoas se perguntarem quem está por trás disso – mal não faz.

Às vezes, me pergunto o que acontece com os panfletos, e se eles têm efeito. Mas Flint diz que não adianta perguntar, porque: 1) nunca vamos saber; e 2) nenhum dos grandes feitos da história teriam ocorrido se as pessoas começassem a se perguntar se adiantava de alguma coisa. Ir em frente sem pensar demais, disse ele, é o que conta.

22 DE AGOSTO DE 1943

Então agora sabemos o que somos: um bando de criminosos. Um "tumor no corpo da nação que deve ser queimado e destruído". Era o que dizia o jornal – Magrelo leu. Enfim, é aí que chegamos.

Foi ideia de Flint. Há umas duas semanas.

– A gente devia fazer uma coisa bem grande – disse ele. – Não apenas esconder panfleto no banheiro! Vamos escalar a abóbada da estação central e fazer chover panfleto de lá. Se funcionar, Colônia inteira vai falar do assunto.

De início, achamos que era loucura. Mas ele ficou tão animado com a ideia, e falou tanto do assunto, que nos convenceu a ir dar uma olhada na estação. Ele já tinha estado lá sozinho para planejar. A parte mais perigosa – escalar com os panfletos – seria por conta dele, explicou. O restante de nós ficaria de vigia para o caso de a polícia aparecer. Precisávamos nos dividir, um em cada canto do saguão e dois no meio, bem embaixo dele, se fingindo de casal apaixonado. A vantagem disso era verem todas as direções sem atrair atenção. Se a dupla ficasse abraçada, a barra estava limpa. No entanto, na hora em que se afastassem e começassem a brigar, ele teria que se esconder. Assim, dava para avisá-lo sem imediatamente entregar o jogo.

O plano não soava tão ruim, mas, quando olhamos para a abóbada, ainda ficamos meio enjoados. Pensei: não é areia demais para o nosso caminhãozinho? Os outros também tinham dúvidas. Mas Flint tinha certeza de que funcionaria, e, como Murro e Magrelo estavam do lado dele, no fim decidimos seguir em frente.

Passamos vários dias aprontando tudo. Imprimimos os panfletos e os escondemos nas ruínas de uma velha igreja. Depois, passamos um bom tempo na estação, para identificar o melhor momento de agir e onde deveríamos nos postar para enxergar tudo.

O dia foi ontem. Decidimos que Tom e Floss seriam o melhor casal, especialmente porque de fato estão juntos já faz umas semanas. Flint supôs que eles teriam a vantagem de não precisar fingir. Poderiam só fazer o que fazem sempre, de qualquer jeito. Ele sorriu para mim, e eu soube o que queria dizer. Desde que Floss ficou com Tom, não dá para fazer mais nada com ele.

Só que, no dia anterior à ação, Floss adoeceu. Por um momento, pensamos em deixar tudo para lá, mas acabamos decidindo continuar, porque já tínhamos tudo planejado, e não queríamos deixar os panfletos dando sopa por mais tempo do que era necessário. Por isso, Tilly disse que substituiria Floss. Tom achou tranquilo, mas ainda estava meio nervoso, com medo de Floss ficar com ciúmes de ele ficar de casal com Tilly na plataforma, mesmo que só de fingimento. Então ele me pediu que trocasse de lugar com ele. Falei que, claro, topava. Não queria que ele se metesse em problema! Assim, determinamos nosso novo casal.

Na estação, nos organizamos como discutido. Furão, Maja, Goethe e Tom se espalharam, um em cada canto do saguão central. Murro e Magrelo ficaram na retaguarda, como força de reação rápida, caso fosse preciso. Tilly e eu fomos até o meio do saguão, debaixo da abóbada. E Flint saiu com os panfletos, que estavam escondidos em uma velha mochila de trabalho.

Há barras de ferro encaixadas em uma das pilastras, para o caso de operários precisarem fazer conserto no telhado. Flint ia escalá-las, e tinha se vestido de operário, para não chamar atenção. Enquanto ele subia, Tilly e eu nos abraçamos. Assim, eu via metade do saguão – onde estavam Tom e Goethe –, e Tilly via a outra metade, com Maja e Furão. Estava um alvoroço, como acontece todo domingo. Trens iam e vinham o tempo todo, e tinha gente para todo lado, correndo para cá e para lá e se esbarrando.

Tínhamos combinado com Flint que Tilly e eu nos beijaríamos quando a barra estivesse mesmo limpa. Seria o sinal dele para subir às traves do telhado. Não vimos nada de suspeito, e todo mundo nos cantos também estava calmo, então começamos. E foi aí que aconteceu. Faz muito tempo que sou a fim da Tilly, mas não fazia ideia que ela tinha interesse em mim. Parece que foi erro meu. Enfim, de repente ela me beijou como se o Juízo Final estivesse logo ali. Fiquei tão atordoado que perdi o chão. Esquecemos tudo ao nosso redor. Estupidamente, também esquecemos nossa promessa de cuidar de Flint.

Então não vimos a patrulha policial entrar no saguão. Tom e Goethe acenaram como doidos, pelo menos foi o que disseram depois, mas eu nem notei. De algum jeito, Tilly viu Furão, e resgatou tudo bem a tempo. Antes de eu entender o que estava acontecendo, ela se afastou de mim e começou a gritar: que ideia era aquela, de beijar ela assim? Em pleno dia! Na frente de tanta gente!

Foi só então que eu vi a polícia. Eles vieram e perguntaram a Tilly se eu a incomodara. Ela sacudiu a cabeça e disse que não, era só que, às vezes, no calor do momento, eu exagerava e passava do limite, mas era só isso, não precisavam se preocupar.

Felizmente, eles seguiram caminho, sem olhar para cima. Tilly e eu continuamos a discutir até eles sumirem de vista. Em seguida, voltamos a nos abraçar aos poucos, para mostrar a Flint que ele podia continuar. Queria poder dar uma olhada nele, porque queria saber se estava tudo bem, mas tínhamos combinado de não fazer isso de jeito nenhum, acontecesse o que acontecesse, para não dar nenhum indício do que estava rolando lá em cima.

Mas não aconteceu mais nada e, depois de um tempo, vimos Flint descer. Ele acenou com a cabeça para a gente, e todos saímos para a escadaria – um a um, para não chamar atenção. Ele deve ter feito alguma coisa para os panfletos caírem um pouco depois, e não na mesma hora. Tilly e eu tínhamos acabado de chegar à escada quando aconteceu. Todo mundo parou e olhou para cima, como se não acreditasse no que via. Demos no pé. Porque sabíamos que não demoraria para o lugar estar lotado de policiais... e coisa pior.

Enfim, Flint estava certo: hoje, Colônia inteira está falando disso. A Gestapo provavelmente já está interrogando pessoas que estavam na estação naquela hora. Só espero que ninguém se lembre da gente – de Flint subindo na pilastra, ou de um casal jovem meio esquisito.

Falando em casal... Vou encontrar Tilly daqui a pouco, sem o restante da galera. Mas, primeiro, vou visitar Floss e levar umas flores. Como agradecimento por ter adoecido.

———•●•———

Nos dias depois do Natal, fiz minha última visita ao sr. Gerlach no apartamento dele, mesmo que, na época, não soubesse disso. Apesar de eu notar que ele não estava particularmente bem, nunca falávamos do assunto, e eu não me preocupava muito.

Quando eu descia a rua nessa época, muitas vezes comparava as coisas que via lá com o que ele escrevera no diário. Algumas vezes – por acaso, quase como se meus pés me carregassem sozinhos –, encontrei-me em lugares que tinham papel importante na história dele. E, sempre que isso acontecia, eu me demorava lá, atordoado. Esbarrava sempre em uma atividade superficial, sem rastros do que lera. Parecia até que o tempo tinha limpado tudo dali – completa e irremediavelmente.

– Por que faziam isso? – perguntei ao velho em uma das minhas visitas. – O senhor e seus amigos? Por que se rebelavam, enquanto todo mundo continuava quieto?

– Ah, não, você não deve ter a impressão errada – disse ele. – A gente não era herói. A gente não saía pelas ruas e gritava: "Juntem-se a nós, vamos libertar o país, vamos lutar contra a tirania!". Éramos jovens perfeitamente comuns, que só queriam liberdade. Mas, de certa forma, era ainda mais importante para a gente. Talvez fosse isso que nos diferenciasse dos outros: éramos viciados na nossa liberdade pessoal, e determinados a lutar contra qualquer um que nos negasse.

Quando falava assim, ele mudava um pouco, não parecia mais um homem idoso, e até parava de tossir. Uma coisa de repente se tornou muito clara: aquela palavra – "liberdade" – que era tão importante para ele, não me dizia nada. Eu sabia defini-la, é claro; era capaz de escrever uma redação de dez páginas sobre o assunto. No entanto, eu não tinha a mesma conexão emocional com o termo.

Ele parecia sentir o que acontecia dentro de mim.

– Talvez você não entenda – disse ele. – Hoje, vocês têm toda a liberdade possível. Vocês, jovens, podem fazer ou deixar de fazer o que quiserem... dentro do razoável, é claro. Mas, naquela época, as coisas eram diferentes. Era tudo disciplinado. Mesmo com apenas 14 anos, a gente trabalhava em turnos de dez ou doze horas nas fábricas, seis dias por semana. E, no restante do tempo, éramos paus-mandados da Juventude Hitlerista e nos preparávamos para a guerra. A gente só queria se soltar desses limites e concretizar nossos sonhos de vida livre... independentemente da maneira que fosse.

– E os nazistas atrapalhavam?

– Isso. A gente não entendia muito de política e dessas coisas, e não tínhamos especial interesse nisso... pelo menos no começo. Certo, a gente sabia que não suportava os nazistas, mas era só uma impressão, não dava para explicar devidamente. A gente apenas caiu nessa situação. As coisas foram crescendo, mesmo que não quiséssemos.

– Então, se os nazistas deixassem vocês em paz, não teriam feito nada disso?

Ele deu de ombros.

– É possível – disse, por fim. – Não sei. De qualquer forma, eles não nos deixaram em paz. Não suportavam que alguém vivesse ou pensasse diferente do que acreditavam que era o correto. Por isso, nos perseguiam e lutavam conosco. Primeiro a Juventude Hitlerista, depois a polícia, depois a SS, e, finalmente, a Gestapo. Foi ficando cada vez pior, cada vez mais brutal. Só que – ele me olhou sorrindo – éramos muito teimosos. Então, eles conseguiam o oposto do que queriam. Deixaram a gente totalmente louco. O que quer que eles fizessem, a gente só queria dar um gostinho do mesmo veneno para eles. Por isso, viramos o jogo, e começamos a lutar contra eles.

Ele apontou pela janela e continuou:

– A gente não sabia aonde aquilo levaria, não pensava muito a respeito. Não tínhamos plano, nada disso. Tudo acontecia espontaneamente, dependendo do que a gente sentia. Seguíamos nossos instintos. Sabíamos que, de certa forma, acabaríamos do lado certo.

Quando voltei para casa naquele dia, fiz um desvio pelo Volksgarten. Estava congelante, mas o sol brilhava e a neve intacta estalava sob meus pés. Parei no meio do parque e olhei ao redor. Eu me perguntei o que ainda estava lá, daquela época. Haveria algum tipo de memória, nas árvores ou nos muros? Alguma coisa escrita por ali?

Essa memória seria liberada, se eu pedisse?

26 DE JANEIRO DE 1944

Faz anos que não temos um inverno desses. Nada além de um frio amargo há semanas, e não parece que vá melhorar tão cedo. Praticamente não há carvão em lugar algum. Aqui em casa, só aquecemos um dos cômodos, e a maioria das outras pessoas faz o mesmo. Felizmente, tenho Tilly. A gente se reveza, dormindo às vezes na casa dela, às vezes na minha. O quarto pode até estar frio, mas a gente se aquece debaixo da coberta, de um jeito ou de outro.

Nem é só o frio que nos incomoda. As pessoas mal têm uma migalha para comer. O racionamento está indo de mal a pior. O povo está prestes a se esmurrar por um pedaço decente de carne. Todo mundo ainda tem direito a duzentos gramas de pão por dia, mas... bom, nem sei como chamam aquilo de pão. Não faço ideia de com que é feito. Provavelmente de folhas secas e serragem. Nada que alimenta de verdade.

Então a maioria das pessoas arranja mantimentos no mercado clandestino. Ninguém conversa sobre o assunto, já que é ilegal: "sabotagem de provisões para a nação alemã" – que expressão elegante. Mas ninguém liga para frases de efeito, porque a barriga é mais importante do que a nação alemã. Por isso, ninguém sente culpa, pelo menos aqui em Ehrenfeld.

Dentre nós, Flint e Murro são os que mais se entendem no mercado clandestino. Eles já fizeram 18 anos. O aniversário de Murro foi há duas semanas, e o de Flint veio logo depois. Então eles esperam ser convocados e mandados ao front a qualquer momento. Oficialmente, estão isentos, porque o trabalho é vital para a guerra, mas isso pode mudar a qualquer momento se os patrões ficarem de saco cheio – aí eles estariam encrencados.

É claro que não vão deixar nada acontecer. Todos juramos nunca ir à guerra atirar em desconhecidos que nunca nos fizeram mal.

Se eles forem convocados, diz Flint, vão para a clandestinidade, e garantirão que ninguém os encontre de jeito nenhum. Só que daí eles precisariam ter como viver. Por isso, é útil saber um pouco sobre como funciona o mercado clandestino. Porque, nesse caso, não teriam nenhum outro direito de ganhar dinheiro.

Eles já fizeram o primeiro trabalho. Flint me contou faz uns dois dias. Fiquei boquiaberto, era tudo uma novidade.

– O que dá para comprar, afinal? – perguntei.

– Ah, tudo o que quiser. Está a fim de um pedaço suculento de carne de veado assada? Tranquilo, vai custar um relógio. Ou um ganso bem gordo para o Natal? Por umas joias da sua caixinha, é todo seu. Pra que guardar essas coisas? Isso é tudo lixo inútil mesmo, porque logo vamos estar todos mortos e enterrados.

– Mas... de onde vem isso tudo? Digo, o veado! Faz anos que não se vende.

– É mentira! Sempre tem por aí. Mas não para o povaréu, só para os bambambãs.

– E como funciona?

– Como sempre. Com a guerra, tem um monte de soldados corruptos e mais novos doidos para ganhar uma grana por fora. Então eles separam parte das coisas de que cuidam e vendem eles mesmos. Só um pouco, para ninguém notar. Os peixões catam tudo, e os caras ganham uma nota. Em comparação a eles, gente como eu e Murro, que de vez em quando desviam um pouco das compras deles para a ralé, nem merecem atenção.

– Mas... e esses peixões, como eles não são pegos? Se estão tão fundo nesse negócio, alguém já deveria ter prendido eles!

Flint sorriu.

– Óbvio. Todo mundo sabe quem são. Se os nazistas quisessem, poderiam pegá-los, um a um. Mas não querem. Esses caras não são bobos. Eles fornecem para os chefões do partido tudo o que eles quiserem. De graça, óbvio. E só do bom e do melhor! Assim, recebem proteção. Uma mão lava a outra!

– Quer dizer que a propaganda... sabotagem, e tal...

– Só vale para o povinho, e não para as feronas. E certamente não se aplica ao pessoal do Partido. Não se engane, Gerlo. Para onde quer que se olhe, esse lugar fede! Até o fundo!

Ele me contou mais, e eu soube então como eram as coisas... Hora do rango! Desconfio que minha mãe esteja secretamente passando fome para eu ter o que comer e, honestamente, pensar nisso vai contra a minha honra. Falei com Tom, e sei que a mãe dele faz o mesmo. Por isso, da próxima vez, vamos pedir umas coisas decentes de Flint e Murro para ganhar um pouco de gordura de novo.

Não é hora de ficar para trás, decidimos. Afinal, é para usarmos o Führer de exemplo!

19 DE FEVEREIRO DE 1944

Quem diria! O povo faz que não dá a mínima, e assume uma expressão de morto, mas, por trás disso, ainda há algumas almas corajosas que ousam se arriscar – pelo menos aqui em Ehrenfeld. Ontem, isso foi uma sorte tremenda. Nem sei o que teria acontecido comigo e com Tilly, em outro caso.

Depois do que fizemos na estação no verão, rolou um tempo de caos. Os nazistas apostaram tudo em descobrir o responsável. Ficamos um tempão de cabeça baixa, só para garantir, e por sorte não pensaram na gente. Provavelmente não acham que somos capazes de algo nessa escala, e desconfiam que foram comunistas, espiões britânicos, sei lá.

Quando notamos que não tinham nada contra a gente, voltamos a investigar e tocamos o plano. Fizemos algumas campanhas de panfleto no outono, mas nada tão grande, porque ainda era arriscado. E no inverno – quando ficou tão frio que ninguém razoável pisaria lá fora – começamos a sair à noite e pintar frases nas paredes. Onde sabíamos que muita gente passaria de manhã. Flint e Murro começaram e, como nada aconteceu com eles, o restante de nós fez o mesmo. Tom e Floss tentaram pela primeira vez há umas duas semanas, e depois Tilly e eu criamos coragem.

Ontem à noite, saímos de novo. Escolhemos a passagem debaixo da linha do trem, porque 1) um monte de gente passa por ali de manhã a caminho do trabalho, e 2) é mais difícil ver a gente, caso tenha alguém na rua. Mas acabamos não considerando uma coisa importante: um lugar desses vira rapidamente uma armadilha sem escapatória.

Não sei se foi só azar, ou falta de cuidado. Enfim, a gente estava no meio do ato, pintando as primeiras palavras, quando um grupo da SS apareceu em uma ponta do túnel. Estavam de uniforme, mas acho que não eram uma patrulha organizada. Provavelmente tinham saído para beber. Pelo menos era o que parecia.

Quando nos viram, eles pararam e encararam a gente, atônitos. A gente imediatamente largou o balde e os pincéis e deu no pé correndo. Eles gritaram, ordenando que parássemos, e vieram atrás. Pelo túnel, as botas ecoavam como tiros. A gente correu que nem coelho. Por sorte, não tinha ninguém do outro lado, senão já era, teriam acabado com a gente.

A rua estava escorregadia. Tinha neve derretida para todo lado e, no escuro, não dava para ver onde a gente pisava. De início, parecia vantagem, porque o pessoal atrás da gente estava tão bêbado que mal se aguentava de pé, e, depois de uns poucos minutos, estávamos prestes a perdê-los de vista. Só que a Tilly escorregou em uma esquina e caiu de cara no chão. Quando tentou se levantar, notou que tinha se ferrado: tinha torcido o tornozelo! Mal conseguia andar.

Mas não adiantava, a gente precisava seguir em frente. Ela se apoiou em mim, e fomos mancando, mas é claro que agora íamos devagar demais. Não dava para fugir assim; eles estavam nos alcançando. Fiquei desesperado, tentando pensar no que fazer, mas não tinha ideia alguma. Viramos uma esquina, e Tilly não aguentou mais. Ela estava gemendo de dor.

Puxei ela para o quintal mais próximo e a gente se encolheu perto do muro, na esperança de a SS passar por ali sem nos encontrar. Só que não fizeram esse favor; provavelmente viram nossas pegadas na neve. Foi horrível: dava para ouvir eles chegando, sem poder fazer nada. Nada mesmo. Não tinha saída.

Mas bem nesse momento uma porta se abriu logo atrás da gente. Alguém puxou a gente para dentro de casa e fechou a porta. Paramos no corredor e, na luz fraca, vimos que nossos anjos da guarda eram dois idosos. Eles nos empurraram para o quarto, abriram um armário e nos enfiaram lá dentro. Nenhum deles disse nada. Fecharam e trancaram a porta do armário, e a gente ficou agachado no escuro, prendendo a respiração.

Logo começou o estrépito. A SS esmurrava as portas, um apartamento atrás do outro, gritando para que os deixassem entrar. Acabaram chegando àquele em que estávamos. Os socos na porta vibravam até nossos ossos. Ouvimos eles entrarem com tudo e começarem a revistar o apartamento. Eles logo chegaram ao quarto. Tilly e eu continuamos abraçados. Acho que um deles já estava com a mão na maçaneta do armário quando a senhora falou que eles eram apenas um casal de idosos que queriam paz. Por que não entendiam isso? Ela acrescentou que eles podiam facilmente ser filhos dela, ou netos.

Não sei por que, mas isso pareceu acalmá-los. Eles foram embora, para esmurrar a porta do próximo apartamento. Tilly e eu ainda passamos um tempão os escutando, até que o ruído acabou e voltou a fazer silêncio. Mas ainda levou mais uns quinze minutos até abrirem a porta e a gente poder sair do armário. Finalmente tivemos a oportunidade de agradecer ao casal. Queríamos ir embora, mas eles não deixaram. Era muito perigoso, disseram. Além do mais, Tilly mal conseguia andar. Eles não deixariam a gente ir embora daquele jeito, preferiam que a gente ficasse.

Então fomos à cozinha, e eles se sentaram conosco à mesa. A mulher cuidou do tornozelo da Tilly, que já estava roxo e inchado como uma ameixa, e depois nos olharam melhor.

– Criançada, como vocês estão magros! – disse ela, apesar de não estarmos tão magros assim. – E tão desgrenhados!

Ela se levantou e pôs a mesa. Trouxe uma comida bem boa para a gente. Provavelmente o melhor que eles tinham. Devia estar guardado para a Páscoa, sei lá. De início, a gente não queria comer, por vergonha, mas eles insistiram muito e, no fim, atacamos o prato.

– Agora, digam aí – disse o homem, quando acabamos de comer. – Onde vocês foram pegos com a tinta?

No começo, eu não entendi como ele sabia, até que ele apontou para a minha calça – que estava coberta de tinta! Provavelmente da hora que joguei o balde para longe no túnel. Por isso, contamos tudo: o que a gente estava fazendo, e por que tinham perseguido a gente.

– Crianças, crianças, o que estão fazendo? – disse o homem. – Vocês não sabem onde estão se metendo. São jovens demais para isso!

– Podemos até ser jovens, mas não demais – falei. – Não foi por impulso. A gente se planejou.

A mulher sacudiu a cabeça e se virou para Tilly.

– E por que você resolveu fazer parte disso, mocinha? Imagine se aquelas pessoas te pegassem. Nem quero pensar no que fariam com você!

– Nada pior do que com os rapazes – disse Tilly. – Não faz diferença. Por que eu ficaria em casa, só por ser garota?

Eles se entreolharam, e pareciam bem tristes. Dava para ver que estavam muito preocupados com a gente. Passaram horas nos dando sermão, mas, no fim, perceberam que não nos fariam mudar de ideia.

– Não é que vocês estejam errados em fazer isso – disse o homem. – Mas não vai fazer diferença. Ninguém pode fazer nada contra os nazistas, muito menos gente comum como nós. Vocês precisam de alguém lá no alto para se livrar deles.

– Mas quem? – perguntei. – Quem poderia fazer isso se foi. Prenderam e mataram todo mundo. Não sobrou ninguém.

– É isso – disse Tilly. – E, enfim, quem disse que não dá para fazer nada? Talvez a gente só precise que gente o suficiente trabalhe em conjunto. Seja gente comum, ou não. Só precisamos de gente o bastante!

O homem deu de ombros.

– Mas nunca vai ser o suficiente. E nem pensem que a fome e os ataques aéreos vão mudar as coisas. Muito pelo contrário! Isso só faz as pessoas pensarem nelas mesmas. Sempre foi assim, e sempre será.

O jeito que ele falou foi bem deprimente, e a gente não respondeu. A mulher tirou a mesa e ficou um tempo em silêncio.

– Talvez vocês não saibam – disse o homem. – Mas se fala muito por aqui dessas coisas escritas nas paredes.

Tilly e eu nos entreolhamos. Era a primeira vez que ouvíamos aquilo, porque ninguém nunca comentara com a gente.

– O que dizem? – perguntou Tilly.

– Depende da pessoa. Tem quem gostaria que vocês fossem pegos, ou que pelo menos parassem por conta própria. Têm medo de isso dar encrenca para todo mundo. Mas vocês estão dizendo o que muita gente sente. Se ousassem, eles seguiriam seus slogans. Mas... – O senhor se debruçou na mesa e nos olhou – não se enganem. Se a coisa ficar séria, ninguém daqui vai ajudar vocês.

– Ninguém? – perguntou Tilly. – Então por que o senhor e a senhora nos ajudaram?

– Ah, mocinha, a gente está velho – disse a mulher. – De qualquer jeito, não temos tanta vida pela frente. Então nada nos assusta tanto. Mas vocês são jovens, têm tudo pela frente. Não devem jogar a vida fora assim!

Ficamos mais um tempo com eles, até que nos levantamos, querendo ir embora. Mas eles nos fizeram ficar mais um pouco. Eles achavam que talvez tivesse uma patrulha lá fora à nossa espera. De qualquer forma, Tilly ainda não conseguia andar direito. Então era melhor ficarmos lá até de manhã, quando a barra estivesse limpa.

Conversamos mais um pouco e vimos que eles estavam certos. Tinha um sofá velho na cozinha, que a mulher arrumou para a gente. Dormimos lá, debaixo do relógio cuco, cujo pássaro aparecia e piava a cada quinze minutos.

Nunca vou esquecer dessa noite, nem do que o casal fez por nós. É bom saber que ainda tem gente assim. Mas, de qualquer forma, o que o homem disse foi meio triste. Não saía da minha cabeça hoje. E eu pensei: quem sabe? Aquele senhor viu muita coisa na vida. Talvez ele esteja certo. Talvez seja mesmo inútil fazer tudo isso.

1 DE ABRIL DE 1944

As coisas estão ficando mais sérias. Tom e eu fizemos 17 anos e, há algumas semanas, encontramos na caixa de correio nossas cartas de convocação para o acampamento de treinamento militar. A gente tinha esperança de escapar dessa, já que não estamos na JH, mas foi engano nosso. Estão pegando todos os aprendizes nascidos em 1927, uma empresa por vez, e agora é a hora de Ostermann, Klöckner e mais algumas.

Tom e eu conversamos para decidir se fugiríamos, mas não adiantaria. No trabalho, deixaram claro o que aconteceria se não fôssemos: poderíamos enfiar no fiofó qualquer status de trabalho indispensável, e seríamos liberados para o exército no dia de nosso aniversário de 18 anos.

Tá, pensamos, então é o Plano B. Vamos participar, mas irritar tanto todo mundo que vão querer nos mandar para casa em menos de três dias. O treinamento deveria durar três semanas, e a gente não queria mesmo passar tanto tempo longe de Tilly, de Floss e do restante do grupo.

Então, três semanas atrás, no domingo, fomos a Burg Vogelsang, em Eifel. Castelo do Canto dos Pássaros: o nome lembra o paraíso, mas logo no primeiro dia vimos que era o próprio inferno. Os treinadores não eram da JH nem nada, e sim os piores capatazes do exército e da SS. Basicamente os maiores durões que já vimos.

Assim que chegamos, mandaram que percorrêssemos o terreno. Sempre com pressa, carregando mochilas de equipamento muito pesadas. Quando aparecia um buraco na lama, um dos treinadores gritava: "Ataque aéreo! Protejam-se!", e a gente tinha que se jogar na poça, toda gelada do inverno, um frio do caramba. Assim que a gente entrava, diziam: "Alarme falso! Levantem-se imediatamente!", e ainda nos batiam por termos sujado o equipamento. Então tínhamos que voltar correndo para o quartel e limpar tudo em menos de dez minutos. Quem não conseguisse era mandado para o começo do circuito, começando o negócio todo de novo.

Isso foi só o primeiro dia. Daí, foi piorando aos poucos. Exercícios, marchas, corrida *cross country*, circuitos de trilha, tiro ao alvo o dia todo, e mais marcha, só para variar. E os menores erros eram castigados com um circuito carregando equipamento pesado, até ficarmos a ponto de desmaiar. Tom e eu estávamos sempre na mira porque, diferentemente da JH, não estamos acostumados a ficar quietos quando alguém mexe com a gente, mesmo que seja um treinador. Acho que não chegamos a uma noite sequer sem ficar tontos.

E para quê? Para o exército não ter que passar muito tempo treinando os novos soldados, e poder mandar todo mundo logo de cara para morrer no front. É o único propósito disso tudo, se pensar bem. Tenho vergonha de participar. Mas qual seria a opção?

Hoje voltamos para casa, no fim das três semanas. Todos os meus ossos doem, e os de Tom também, mas aprendemos algumas coisas que levaremos para a vida toda: o jeito mais rápido e eficiente de atirar em alguém, de esfaquear e esganar uma pessoa, de destruir gente com granadas, e um monte de outros jeitos de matar. Ninguém se compara a nós agora. Então já é alguma coisa!

2 DE ABRIL DE 1944

Hoje finalmente encontramos o pessoal de novo, depois de três semanas de escuro e vergonha. É domingo, acabou o inverno, saímos da cidade e pudemos espairecer. Tom e eu contamos como era o acampamento, e os outros riram da nossa cara. Sempre que a gente passava por uma poça, Furão gritava: "Ataque aéreo! Protejam-se!", até a gente não aguentar mais e jogar ele na lama.

– Ei, a gente vai ter que tomar cuidado com vocês – disse Flint, enquanto Furão se sacudia para se secar. – Vocês agora são máquinas mortíferas. Matadores natos! Nem reconheceríamos vocês.

– Se quiser uns matadores, pode dar um pulo em Burg Vogelsang e dar uma olhada nos treinadores – respondeu Tom. – Nós ainda somos quem éramos, não tema. Precisariam de mais de três semanas para nos transformar.

Paramos para descansar em um campo na hora do almoço. Os outros contaram o que andava acontecendo em Ehrenfeld, e aí falamos dos nossos planos para este ano.

– Uma coisa é certa – disse Flint. – Ter que lamber bota no trabalho sem parar, só para continuar isento, está mesmo começando a me irritar. Tenho conversado com o Murro. Acho que a gente vai vazar e se esconder logo. Estamos pensando para onde ir. Mas ainda não estamos prontos para falar disso.

Magrelo perguntou se teria espaço para ele no esconderijo. Ele também já vai fazer 18 anos, e tem a sensação de que está em uma lista de caras marcados na fábrica, e que vão enviá-lo para o exército.

– Claro – disse Flint. – O lugar que andamos considerando não foi feito para gigantes como você, mas damos um jeito. O mesmo vale para vocês todos. O que quer que aconteça, onde quer que a gente acabe, os PE de Ehrenfeld ficarão juntos. Podem contar com isso!

– Às vezes, imagino ir embora daqui – disse Maja. – Só ir embora mesmo, sabe.

– Isso, talvez para o Felsensee – sugeriu Furão. – A gente poderia morar numa caverna, comer morcego. Até o fim da guerra!

– Não estou falando do Felsensee. Quero sair deste país de merda!

– Bom, eu sei para onde Murro e eu iríamos – disse Flint, abraçando Murro pelo ombro. – A gente viraria marinheiro, não é, seu bobo? Imagine só, cabo Horn, Xangai, San Francisco, Rio de Janeiro! Teríamos uma mulher em cada porto. Elas ficariam loucas pela gente, porque somos muito bonitões, e iam querer casar com a gente na mesma hora. Mas a gente não, cara! Ao amanhecer, a gente escaparia da cama quentinha e voltaria ao navio, e para o alto-mar. Ah! Isso sim que é vida, gente!

– Eu e Tilly iríamos para a Austrália – disse eu.

– Por que a Austrália?

– É, por que a Austrália? – perguntou Tilly. – É a primeira vez que ouço falar disso.

– Você nem precisa ouvir falar, eu colocaria você na mala e te levaria. E é óbvio o motivo da Austrália: lá não tem guerra. Quer dizer, tem guerra para todo lado agora. Até no mar. Mas não na Austrália. E também não tem tanta gente lá. Então ninguém encheria nosso saco.

Floss olhou para Tom.

– E a gente?

– A gente vai para o Canadá – disse Tom. – Vamos morar em uma choupana no bosque, e virar caçadores.

– Isso, e vamos ter cachorros, gatos, e um monte de filhos – disse Floss.

– Óbvio. E só teremos contato com um povoamento indígena antigo e esquecido lá por perto. E com vocês, claro. Porque vocês vão aparecer para nos visitar de vez em quando.

– Eu vou virar menestrel e viajar pelo mundo – disse Goethe. – Dar uma volta no globo, e então começar de novo. E sempre que eu chegar a um lugar pela segunda vez, as pessoas ainda vão se lembrar de minhas músicas da primeira viagem, porque as terão ouvido na infância – falou, e se virou para Maja. – Vou te levar comigo. Você vai precisar me acompanhar no violão.

Ficamos horas ali, inventando histórias, pensando em ideias melhores sobre para onde ir, e o que fazer. Todo mundo tinha seu próprio sonho. A única coisa com que concordamos é que nenhum de nós vai participar desta maldita guerra, nunca.

Custe o que custar.

Em um dos primeiros dias do novo ano, fui à pensão visitar o sr. Gerlach, como de costume. O porteiro já me conhecia, e normalmente me deixava entrar sem falar nada, mas naquele dia foi diferente. Ele me chamou.

– Você não pode visitar o sr. Gerlach hoje – disse ele.

– Por que não?

– Ele foi levado ao hospital faz três dias. No Ano-Novo.

– Ao hospital! Não é nada grave, é?

– É melhor perguntar para ele. Não quero falar nenhuma bobagem.

Descobri o hospital em que ele estava internado, e fui até lá. No caminho, minha cabeça estava a mil. É claro que eu tinha notado que a saúde dele não estava tão boa. Na última visita, ele tinha chegado a tossir sangue. No entanto, eu não fazia ideia da gravidade da situação.

Quando cheguei ao quarto no hospital, ele estava deitado na cama, encarando o teto. Havia dois outros homens no quarto, que tinha três camas. Ele estava ligado a todo tipo de tubo, parecia até uma marionete. Engoli em seco ao vê-lo. O ambiente só ficava um pouco mais agradável porque a cama dele era bem ao lado da janela.

Ele pareceu feliz em me ver, mas envergonhado por eu vê-lo naquela condição. Sentei-me na cama e perguntei como ele estava.

– Ah, foi um exagero me internarem – disse ele, se esquivando da pergunta. – Os médicos sempre exageram. Eu deveria ter ficado em casa. Não ficaria mais doente lá do que aqui.

– Mas... que tipo de doença é?

– Ah, é só por causa do frio, acontece todo inverno. Especialmente em janeiro, que é o pior mês. O frio penetra os meus ossos e pulmões, sabe. Não precisa se preocupar. Na primavera, tudo muda, você nem vai me reconhecer.

Ele falou tão tranquilamente que meus medos desapareceram na mesma hora. Dali em diante, não mencionamos a doença. Falamos do diário e de tudo relacionado a ele, e no momento seguinte parecia que estávamos de volta ao apartamento, e que os tubos e equipamentos esquisitos nem existiam.

Eu já tinha me levantado para ir embora quando ele perguntou:
– Você pode me fazer um favor?
– É claro. O que o senhor quiser.
– Por favor, cuide dos meus passarinhos. Eles precisam de comida e de água fresca. E você tem que deixar eles voarem de vez em quando, para não ficarem travados. Pode fazer isso por mim?

Prometi que faria isso, e me despedi. Passei os dias seguintes visitando ele e os passarinhos. As visitas ficaram tão normais que eu nem me incomodava mais. Havia uma intimidade impressionante entre nós.

Alguns dias depois, quando eu estava no hospital de novo, uma coisa estranha aconteceu. Foi quando uma enfermeira veio buscá-lo para um exame. Não deveria demorar mais de quinze minutos, então decidi esperar ele voltar. Assim que ele se foi, o telefone do lado da cama tocou de repente. De início, não notei, mas aí me ocorreu que poderia ser importante, então atendi.

Do outro lado, dava para ouvir uma respiração, mas a pessoa não disse nada.
– Alô! – repeti. – Quem fala?

A respiração parou. Fez-se alguns segundos de silêncio e, por fim, um ruído esquisito, como um suspiro contido, imediatamente seguido do som da linha interrompida. Quem quer que tivesse ligado decidira desligar.

Dei de ombros, e fui à janela. A respiração ainda soava em meus ouvidos. De repente, me lembrei daquela silhueta – da pessoa que vira no jardim da pensão.

21 DE JULHO DE 1944

Ao longo das últimas semanas, a gente não para de desenvolver esperança, e se decepcionar. Primeiro, tivemos que deixar para lá a viagem a Felsensee na Festa do Divino Espírito Santo, o que foi difícil para caramba. É que praticamente nenhum meio de transporte está funcionando normalmente. Além do mais, a gente não podia correr o risco de dar de cara com uma patrulha. Especialmente agora que Flint, Murro e Magrelo largaram o emprego e se esconderam na clandestinidade. Se eles fossem pegos, seria a morte – e não é exagero.

Depois da Festa do Divino Espírito Santo, contudo, aconteceu uma coisa que nos alegrou de novo: os Aliados desembarcaram na Normandia. Os nazistas tentaram fazer pouco caso, e alegaram que expulsaram a invasão, mas a verdade acabou se espalhando. Pouco a pouco, os Aliados foram adentrando a costa, e cada notícia aumentava nossa esperança. A França não fica tão longe, pensamos. Talvez essa história toda acabe logo, e a gente tenha sobrevivido.

Ontem, por algumas horas, parecia mesmo ser o caso. Recebemos notícias de que alguém tinha tentado matar Hitler, e de repente começaram a falar que ele tinha morrido. Mas ninguém sabia detalhes. Todo mundo falava coisas diferentes, e era preciso tomar muito cuidado com a conversa. Passamos a tarde toda na esperança de ser verdade. À noite, no entanto, veio a decepção: Hitler tinha sobrevivido, e o atentado fora malsucedido. Hoje ficamos sabendo um pouco mais da história. Dizem que foram oficiais do exército, e que os primeiros foram executados a tiros de madrugada.

Hitler anunciou no rádio que as consequências agora seriam inéditas. Os jornais estão todos espumando: os supostos assassinos são "Traidores do Povo", e estão dizendo à juventude alemã e aos operários nas fábricas que, se alguém tentar qualquer coisa dessas de novo, é para "espancá-los até a morte com pás e enxadas, e pisoteá-los".

Vamos precisar tomar bastante cuidado por um tempo, foi o que Magrelo disse quando nos encontramos hoje para conversar. A conspiração mexeu com o vespeiro, e foi a desculpa perfeita para os nazistas acabarem com qualquer pessoa que os incomode. Dá para ter certeza de que já tem espiões por aí, de ouvidos atentos. Por isso, precisamos ter cautela, e não falar uma palavra errada. Não dá para confiar em ninguém. De preferência, nem em nós mesmos.

5 DE AGOSTO DE 1944

Nos primeiros dias depois da tentativa de assassinato, ficamos bem desanimados. Mas não durou muito. Acabamos decidindo que não havia motivo para ficarmos cabisbaixos assim. Tá, tinha dado errado, mas um atentado fracassado já era melhor do que nada. Foi Flint quem disse isso, e ele estava certo. Porque isso mostra que ainda há, sim, algumas pessoas corajosas por aí. Mesmo no alto escalão. Talvez até mais gente do que imaginemos. Talvez seja só o começo!

Além do mais, os Aliados avançaram na Normandia há alguns dias. No início, tinham conseguido se firmar em apenas alguns pontos da costa, mas agora estão seguindo avante, e o exército não parece ter muito poder para se defender. Se tudo seguir conforme o previsto, como dizem na rádio britânica, eles devem chegar a Paris em uma ou duas semanas.

Isso nos encorajou. Vemos nossa chance, e achamos que outras pessoas veem o mesmo. Cada quilômetro de avanço dos Aliados deve despertar mais gente. Devem notar que é hora de agir, em vez de suportar tudo, e que a oportunidade é esta!

Por isso, voltamos às campanhas. Tilly e eu contamos aos outros o que o casal de idosos nos dissera: que as palavras nos muros não são inúteis, e que têm dado o que falar por aqui. Então, decidimos continuar, na esperança de acabar tendo mais efeito do que apenas falatório.

Saímos ontem à noite, e quase nos ferramos. Estávamos em cinco: Flint, Murro, Magrelo, Tom e eu. Começamos depois de meia-noite: nos arrastamos por Ehrenfeld e pintamos frases de efeito nos muros, onde nos parecesse correto – nos túneis, nas entradas dos pátios e, quando notamos que tudo estava tranquilo, também nas ruas.

Finalmente, surgiu o primeiro indício de luz no céu. Tom e eu queríamos parar, para não arriscar demais, mas Flint discordava. Ele e Murro tinham bebido – uma pinga barata que sobrou do tráfico – e estavam decididos a ir além.

– A gente tem que entrar na cova dos leões – disse Flint. – Ir direto à JH. Aí todo mundo vai ver que não é preciso ter medo dos nazistas!

Tom e eu nos manifestamos contra, por achar que era arriscado, e até Magrelo tinha dúvida. Mas Flint estava com a corda toda, os olhos brilhando de tão empolgado com a ideia. Ele disse que, se a gente fosse covarde, ele iria sozinho com o Murro. Então, no fim, também fomos, porque não queríamos parecer medrosos.

Quando chegamos ao centro da JH de Ehrenfeld, tudo estava em silêncio. As janelas estavam apagadas, e não tinha ninguém na rua. Começava a clarear, então a gente não se demorou, e começou a trabalhar na mesma hora. Pintamos a primeira frase bem na entrada, para todo mundo ler no caminho.

De início, estava indo tudo bem. Até que, bem quando a gente estava acabando, uma tropa da JH apareceu de repente no fim da rua. Catamos nossas coisas, e nos preparamos para sair correndo, mas mais uma tropa surgiu do outro lado. Acho que ninguém tinha tocado o alarme, porque eles ficaram muito surpresos de encontrar a gente. Provavelmente era pura coincidência eles precisarem se apresentar ao serviço naquela hora, mas a coincidência era um perigo do cacete para a gente.

Não tinha saída pela rua. Tentamos entrar no prédio, porque achamos que daria para escapar pelos fundos, mas não adiantou – a porta estava firmemente trancada. Estávamos presos. O pessoal da JH se aproximava, e somente quando viram o que fizemos é que notaram o tipo de gente que éramos. Dois deles saíram correndo para chamar a polícia, e o restante – uns vinte, no mínimo – se fechou ao nosso redor, para impedir qualquer movimento.

Ficamos encurralados contra a parede, desesperados para decidir o que fazer. Uma coisa era óbvia: a gente precisava sair dali antes de a polícia chegar, senão já era. Mas como?

Os garotos da JH iam chegando cada vez mais perto. Eu estava tão atônito que mal conseguia pensar. Até que Flint, que estava bem ao meu lado, fez um movimento repentino. Quando olhei, ele estava com o canivete na mão. Todo mundo tem canivete, até o pessoal da JH. É de bom-tom carregar canivete. No entanto, há uma espécie de regra implícita: apesar de todo mundo ter faca, ninguém usa na briga. A gente seguiu essa regra em toda pancadaria com a JH, por mais feia que fosse a briga, e eles fizeram o mesmo. Flint era o primeiro a desobedecer.

Antes de entendermos bem o que acontecia, ele avançou em um pulo e atacou um dos caras da JH com a faca. O rapaz virou de lado, mas Flint tinha conseguido esfaqueá-lo no ombro, e imediatamente puxou o canivete de novo e pulou para trás. O cara o encarou por um momento, e desabou, apertando o ombro com a mão; a ferida era muito profunda, e ele não conseguia conter o sangramento.

Por um segundo, todo mundo ficou paralisado. Até que Murro e Magrelo puxaram as facas também, então Tom e eu fizemos o mesmo. Avançamos contra os caras da JH. Eles provavelmente ficaram tão chocados que nem pensaram em como a briga era desleal, nem que estavam em maior número. De qualquer forma, recuaram.

Largamos os pincéis e baldes de tinta para trás, e demos no pé. Por sorte, ninguém nos seguiu, e não demos com a polícia. Corremos até não dar mais, e nos escondemos nos escombros de uma casa destruída por bombardeio. Ninguém disse nada, porque todo mundo sabia como a coisa tinha sido perigosa. Olhamos para a faca na mão de Flint. Escapamos, mas tinha sido por pouco.

13 DE AGOSTO DE 1944

Nossas últimas façanhas chamaram a atenção dos comunistas. Ainda existem alguns deles na clandestinidade, e eles entraram em contato com Magrelo. Nem sei como, na verdade. Talvez conhecessem o pai dele, tivessem ouvido falar da gente, e quisessem saber quem somos e quais são nossos planos.

Ontem, Magrelo e Flint foram encontrá-los em um lugar secreto, para falar de como podemos nos ajudar mutuamente. Hoje, no Volksgarten, eles contaram como foi.

– Eles acham que a gente não devia se dar ao trabalho de espalhar panfletos e pintar frases de efeito – disse Magrelo. – Que não impressiona ninguém, e é perda de tempo.

– Ah! E, sendo tão espertos, eles disseram o que a gente deveria fazer, então? – perguntou Tom.

– Sim, sugeriram voltar à JH e "enfraquecê-los". Esse foi o termo. Aparentemente, muita gente na JH está infeliz e, se fôssemos espertos, conseguiríamos muito avanço lá.

Furão rolou de rir.

– É a piada do século! Cara, a gente tá aqui porque não quer ter nada a ver com a JH. Só um idiota sugeriria uma coisa dessas!

– Eles não são idiotas – disse Floss. – Sabem do que estão falando. O que você achou, Flint? Já que também estava lá.

– Ah, sei lá. Sinto um clima ruim desse pessoal – disse Flint. –

Acho que só querem usar a gente para fazer o trabalho sujo deles na JH. Mas que, quando a gente acabar o serviço e eles não quiserem mais saber da gente, vão nos chutar para a sarjeta.

Ele olhou para Magrelo, deu de ombros e acrescentou:

– Foi mal, cara. Já te falei que é minha impressão.

– É, mas não é justo falar deles assim, Flint. Eles estão arriscando a vida contra os nazistas.

– É, e eu respeito isso, mas não significa automaticamente que eles estão do nosso lado – disse Flint, sacudindo a cabeça. – Acorda, galera! No fim das contas, não tem ninguém do nosso lado. Nem os ianques. O que acham que vai acontecer quando eles chegarem e mandarem os nazistas embora? acham que vão agradecer pelo nosso trabalho? Nada disso! Vão considerar que somos encrenqueiros.

– Caramba, Flint! – disse Tilly. – Você não acredita em nada?

– Claro que acredito. Acredito em mim. No Murro. Em vocês todos. Mas para por aí. Quem acredita em mais alguma coisa é idiota, na minha opinião.

A gente não era tão pessimista quanto Flint, mas nenhum de nós comprou a ideia de "enfraquecer" a JH. Nem Floss e Magrelo, mesmo que fizessem o maior esforço para defender os comunistas. A gente tinha a sensação de que eles queriam só mandar na gente, nos dar ordens, e já cansamos disso.

Queremos liberdade, e é isso. Quem não nos deixar tê-la pode ir para o inferno.

27 DE AGOSTO DE 1944

Os últimos dias foram os piores da minha vida. Uma tortura incessante de dor, humilhação, das coisas mais nojentas imagináveis. Um pesadelo enorme, e nem sei se sobrevivi, nem se sobreviver foi uma boa ideia.

Começou no domingo. A gente tinha combinado de se encontrar no abrigo, porque queríamos falar do que viria a seguir. Magrelo falou que tinha conversado de novo com os comunistas e dito que não gostamos muito da ideia deles, e que preferíamos seguir nossa onda. Ele disse que eles ficaram decepcionados, mas não chateados. Eles tinham dito que, se a gente mudasse de ideia, era para avisar.

Em certo momento, notamos que Maja não estava lá. Era esquisito. Ela é calada, e nem sempre participa de tudo, mas vem sempre às reuniões. Não me lembro de ela já ter perdido um encontro; é tão pontual que dá para usar de relógio.

Mas naquele domingo ela não apareceu. Em vez disso, quem surgiu de repente foi a SS. Eles vieram se esgueirando de todos os lados, como se soubessem que nos encontrariam ali exatamente naquela hora. Aí, prenderam a gente. Tentamos lutar, mas eles socaram nossa cara – exceto de Tilly e Floss, que não levaram pancada. Depois, nos algemaram e nos levaram embora. Atravessamos a cidade até Appellhofplatz. Até a EL-DE Haus.

Rapidamente notamos que não iríamos nos safar tão tranquilamente quanto na viagem a Felsensee do ano passado. Os caras da SS praticamente nos espancaram, e foram nos empurrando pelo corredor até a escada que descia ao porão. Aí, nos jogaram escada abaixo, um atrás do outro, sem se importarem se a gente quebrasse todos os ossos.

Lembro que bati com a cabeça na parede algumas vezes, com bastante força. Quando cheguei lá embaixo, estava bem atordoado. Alguém me agarrou e me levantou à força. Estava escuro, e eu não enxergava muita coisa além do cara que me arrastava por um corredor estreito, com portas dos dois lados. Ele abriu uma delas, me empurrou para dentro e a trancou por fora.

Desabei de joelhos, e demorei um tempo até recuperar um pouco da noção. A primeira coisa em que reparei foi o fedor. O cheiro forte de urina e podridão me deixou enjoado. Aí entendi que tinha sido jogado em uma pequena cela, de talvez dois por quatro metros, ou um pouco menos. Tinha uma janela alta e gradeada em um canto e, apesar do espaço ser tão pequeno, continha pelo menos uma dúzia de homens, todos recostados nas paredes.

Dois se aproximaram e me ajudaram a levantar. Antes que eu pudesse falar qualquer coisa, a porta foi aberta de novo, e empurraram mais alguém para dentro. Era Tom. Eu o segurei e, por sorte, os dois homens nos seguraram, senão teríamos caído no chão de novo.

– Gerlo! – disse Tom, ao me reconhecer. – Cara, que merda! O que fizeram com a gente?

– Não faço ideia. Cadê os outros?

– Em algum canto aqui embaixo. Perdi eles de vista. Talvez estejam em outra cela.

Tentei escutar, e chamei baixinho:

– Flint?

Silêncio. Então tentei de novo, falando mais alto:

– FLINT!

Veio a resposta, enfim. Parecia soar da cela ao lado.

– Gerlo? É você? Estamos aqui, cara, eu e o Murro. Tudo bem aí?

– Mais ou menos. Tom está aqui, a gente...

Antes que a gente pudesse falar qualquer outra coisa, a porta foi escancarada e o cara que nos arrastara até ali entrou. Ele olhou ao redor da cela, se aproximou ao acaso de um cara encostado na parede e esmurrou a cara dele com toda a força. O homem desabou na mesma hora, e o guarda sumiu. Ouvimos ele fechar nossa porta e abrir a da cela ao lado, onde estavam Flint e Murro. A mesma coisa aconteceu lá.

– Seu idiota! – sibilou um dos homens que nos ajudara. – Feche a matraca!

Ele levou Tom e eu para mais perto da janela e nos olhou.

– Esses nojentos! – murmurou. – Agora estão prendendo crianças...

– O que querem com a gente? – perguntou Tom.
– E eu sei lá, moleque? Espere para ver.
– E você? Por que foi pego?
O homem deu de ombros.
– Porque alguém mentiu a meu respeito, imagino. Não fiz nada de errado.
– Há quanto tempo está aqui, afinal?
– Séculos. Umas quatro semanas.
– Quatro semanas? Caralho! – disse Tom, e apontou para os outros. – Eles também?
O homem fez um gesto defensivo.
– Vocês estão perguntando demais, rapazes. Aqui, a gente não gosta disso. Lembrem o seguinte: *todo mundo* aqui é *inocente*. Sacou?

Não era difícil entender a ênfase dele, e o jeito que nos olhou. Parece que há espiões nas celas, e ele queria nos avisar para não confiar em ninguém, nem falar nada sobre nós mesmos. Por isso, calamos a boca e ficamos quietos.

Passamos um tempo lá em silêncio, até que ouvimos o carcereiro – depois soubemos que todo mundo o chamava de "Barata" – descer o corredor. Ele ia batendo o cassetete em todas as portas, em ritmo regular. Os homens ficaram lívidos ao ouvir o som, e todos olharam para o chão.

A porta da nossa cela foi aberta, e o carcereiro apareceu.
– Gescher! – rosnou.

Uns dois caras suspiraram de alívio, mas continuaram olhando para o chão. Tom fez uma careta e olhou para o homem que falara com a gente.

– Vá com ele, rapaz – sussurrou o homem. – Ou vai piorar a situação para os outros aqui.

Tom saiu aos tropeços. O carcereiro o encontrou e bateu a porta de novo.

– O que vão fazer com ele? – perguntei ao homem.

– Interrogatório. Agora, cale a boca.

Andei até a porta e tentei escutar alguma coisa. De início, não ouvia nada além de murmúrios e algumas vozes mais altas. Depois de um tempo, vieram uns baques surdos repentinos, e Tom começou a gritar. Ele urrava que nem um bicho, e não parava nunca. Em certo momento, não aguentei mais e comecei a gritar e esmurrar a porta, mas logo os outros homens da cela me agarraram e me afastaram dali.

O homem com quem eu conversara cobriu minha boca com a mão.

– Não se exalte, rapaz! – sussurrou. – Não dá para fazer nada pelo seu amigo, ele precisa se cuidar. Aqui, é sempre melhor ficar na sua... porque qualquer outra coisa piora tudo. Então, você vai calar a boca, ou vou precisar te nocautear?

Só quando concordei com a cabeça ele me soltou. Ainda dava para ouvir os urros de Tom. Eu me virei para a parede e tampei as orelhas, de tanto que doía. Finalmente, acabou, mas aí passos soaram junto ao cassetete batendo nas paredes e nas portas. Nossa cela foi aberta, e o carcereiro empurrou Tom para dentro.

– Gerlach! – gritou.

Só tive tempo de ver que dois homens ali cuidavam de Tom, que estava caído no chão, antes de precisar sair. Meus joelhos tremiam feito geleia. Subimos as escadas e viramos alguns corredores até parar na frente de uma porta, que levava à sala de interrogatório – ou à "câmara de tortura", como a chamavam nas celas.

Lá dentro, dois homens da Gestapo me esperavam, mas não eram os do ano passado. Um estava sentado atrás da mesa coberta de resmas de papel. O outro, de pé no canto, não estava de uniforme, usava apenas um colete suado e sujo, e, de início, parecia quase uma piada; mas havia algo de perigoso e ameaçador nele. Depois, os homens lá de baixo me disseram que ele se chamava Hoegen – e era óbvio que o temiam mais do que a qualquer outro.

O homem à mesa me encarou em silêncio por um tempo, e finalmente perguntou:

– Gerlach, por que você está aqui?

Eu não sabia o que responder, então só dei de ombros. No momento seguinte, Hoegen se aproximou, e me deu um tremendo tapa nas costas que me fez tropeçar e cair de joelhos. Aí ele me levantou.

– Tente de novo – disse o homem à mesa. – Por que está aqui?

– Eu não sei!

A mesma coisa aconteceu. Dessa vez, a pancada foi tão forte que perdi o fôlego. Caí no chão com um estrépito, vendo estrelas, mas Hoegen não me deu tempo de respirar. Ele imediatamente me levantou de novo, e a brincadeira recomeçou. Eles devem ter feito isso meia dúzia de vezes, e os socos iam ficando cada vez mais fortes e violentos. No fim, me largaram no chão, e o homem à mesa falou:

– Tanto faz. A pergunta é irrelevante, na verdade. A gente sabe por que você está aqui!

Eles riram à toa com isso. Então, assistiram enquanto eu tentava me levantar com dificuldade, o tempo todo fazendo comentários desagradáveis sobre minha tolice, e minha fraqueza – que teriam que tomar cuidado, porque eu poderia ser quebrado ao meio!

Quando me endireitei de novo, o homem à mesa parou de rir na mesma hora. Ele perguntou:

– Você conhece uma tal de Hilde Majakowski?

Entendi na mesma hora. Era o nome de Maja! Tentei desesperadamente entender o sentido da pergunta, mas, antes que eu pudesse responder, ele continuou:

– É claro que conhece, ela é uma de vocês. Mas uma coisa você não sabe: que ela está trabalhando para a gente. Então sabemos tudo o que vocês fizeram. Os panfletos, as frases de efeito na parede, onde se encontram, tudo.

Foi que nem um soco entre os olhos. Maja, espiã da Gestapo? Impossível! Depois de tudo o que a gente tinha vivido! Além do mais, se fosse assim, eles poderiam ter nos prendido muito antes. E não precisariam nos interrogar, apenas nos enfileirar para o fuzilamento!

– Você deve estar se perguntando por que ainda nos damos ao trabalho de interrogá-los – disse o homem à mesa. – É simples: há algumas coisas que ainda não sabemos. Por exemplo, quem são seus apoiadores. Ou quem imprime seus panfletos. Tem alguma coisa a dizer a respeito disso?

Eu ainda estava totalmente confuso e, mesmo se quisesse falar alguma coisa, não teria conseguido. Ele esperou um momento antes de dar de ombros.

– Que pena. Mas temos tempo. Muito tempo. Você vai acabar contando tudo para a gente, pode acreditar.

Ele se levantou e acenou com a cabeça para Hoegen. Em seguida, me deu as costas, foi à janela e olhou para fora, enquanto Hoegen se aproximava.

– Abaixa a calça!

– O quê?

Ele me agarrou pelo pescoço e abaixou minha cabeça. Senti o cheiro da roupa suada e fedida dele e quase vomitei.

– Abaixa a calça, seu filho da puta, e vai rápido!

Precisei obedecer, e apoiar o tronco em uma mesa perto da parede. Ele tinha uma espécie de chicote, e começou a me açoitar. De início, tentei não gritar, mas, depois do terceiro golpe, não tinha mais jeito. A dor era tão insuportável que urrei e berrei como se estivesse sendo perfurado. Ele não deu a mínima, e continuou; deve ter me batido umas cinquenta vezes.

Quando acabou, eles me deixaram mais uns minutos caído ali, de calça arriada; riram da minha cara e fumaram um cigarro. Então, chamaram o carcereiro para me levar embora. Disseram que mandariam me buscar todo dia dali em diante, e talvez à noite também, se quisessem. Eu poderia esperar.

Na cela, me agachei no canto e chorei. Nem era por causa da dor, mas porque nunca me sentira tão humilhado. Os homens me deixaram quieto, exceto aquele com quem já tínhamos conversado.

– Pode chorar, rapaz, tá tranquilo – disse. – E imagine o que vai fazer com esse cara quando encontrar ele sozinho no parque uma noite qualquer. Isso ajuda.

Em certo momento, me acalmei. Conversei baixinho com Tom. Tinham falado para ele aquela mesma história da Maja, mas concordamos que era besteira. Não dá para se equivocar tanto quanto a alguém, achamos.

– Pensando bem, faz tempo que não a vejo – disse Tom.

– Verdade. Agora que você mencionou, eu também.

– E se... quer dizer... será que pegaram ela antes da gente?

– A Gestapo? Aqui?

Pensar nisso foi um choque e tanto, mas era possível. Fomos até um canto com o homem que tinha cuidado da gente, e descrevemos Maja, o lábio leporino, e tal. Aí perguntamos se ele se lembrava de tê-la visto.

– Lembro, sim – disse ele.

– Como assim? Você a viu? Quando?

– Faz uns poucos dias. A gente não vê mulher nenhuma aqui, porque elas têm as próprias celas. Mas um dia, quando me levaram para o interrogatório, uma garota como a que você descreveu estava descendo a escada. Deve ter sido interrogada antes de mim. Não vou esquecer o que vi tão cedo. Quando entrei na câmara de tortura, tinha uma mulher lá com água quente, limpando o sangue... – disse ele, e se calou ao nos olhar. – Perdão, mas foi isso – concluiu.

Senti um nó na garganta.

– Como assim, foi isso? – perguntou Tom.

– Ah, parem com isso, rapazes. Me deixem em paz. Vai ser apenas mais um suplício para vocês.

Ficamos um tempo ali sentados, totalmente atônitos. Finalmente, Tom falou:

– Então quer dizer que... ela não contou nada por escolha própria?

– *Ela*, por escolha própria? De jeito nenhum! Tentaram dizer isso para vocês?

– Sim.

Ele pensou por um momento, olhou para os outros homens, e nos levou ainda mais para o canto.

– Escutem só, rapazes – sussurrou ele. – E não esqueçam, porque não vou repetir. A Gestapo vai tentar de tudo para arrancar informação de vocês. Vão esmurrar sua cara até quebrar. Aí vão dizer que seus amigos delataram, e que eles já sabem de tudo. Depois, vão prometer soltar vocês se contarem alguma coisa. Todo dia eles inventam um truque novo. Mas, o que quer que façam, vocês não devem admitir nada. *Nunca*, me ouviram? Porque admitir é morrer. Ficar de boquinha fechada e se fazer de bobo é o único jeito de sair vivo daqui.

Aprendemos a lição. E também notamos outra coisa: aquele cara entendia das coisas. Ele definitivamente não era tão "inocente" quanto dizia.

– Você sabe o que aconteceu com Maja? – perguntou Tom.

– Não. Acho que ela não deve mais estar aqui – disse ele, e deu de ombros. – Foi mal, rapazes. Mas, o que quer que tenham feito com ela, não esperem vê-la de novo.

Ele não quis dizer mais nada. Ficamos ali juntos, agachados, e falamos de Maja, de onde ela poderia estar agora, e do que poderia ter dito à Gestapo. Parecia que ela ao menos dissera onde nos encontrar hoje, porque isso a SS sabia.

– Provavelmente ainda mais – disse Tom –, mas nada que possam provar, senão estariam agindo de outro jeito.

– É. Mas, Tom, não consigo culpar a Maja.

– Nem eu, cara! Ela ficou sozinha com esses brutamontes. Não quero nem pensar!

Cerramos os punhos, nos sentindo inúteis e desamparados. Ficamos ali, sentados, esperando o que aconteceria. O tempo todo tinha gente sendo levada para interrogatório, mas finalmente isso acabou, e anoiteceu. Porém, a cela era pequena demais, e nem todo mundo conseguia deitar ao mesmo tempo. Por isso, metade ficava deitada no chão; e metade, agachada junto às paredes. De hora em hora, quando os agachados não aguentavam mais, a gente mudava de posição. Foi assim a noite toda. Se necessário, tinha um balde no canto, e tudo ia para lá. Era dali que vinha o fedor, que impedia a gente de dormir. Aquilo era o próprio inferno.

De manhã, estávamos acabados. Para o desjejum, deram um copo d'água e uma fatia de pão para todo mundo, e só. Aí retomaram o interrogatório. Chegaram em mim perto da hora do almoço, antes de chamarem Tom.

Quando entrei na câmara de tortura, meu coração quase parou. Além de Hoegen e do outro homem do dia anterior, tinha dois caras da JH lá. Eu os reconheci na mesma hora: eles eram do grupo que nos pegara na frente do centro da JH, do qual só tínhamos escapado por causa do canivete de Flint. *Agora me pegaram*, pensei. *Agora vão me destruir até eu nem conseguir mais pensar!*

Tive que me aproximar, e então o homem da mesa perguntou se eles me reconheciam, e se eu era um dos "babacas grafiteiros". Eles me olharam bem nos olhos, e ficou claro que me reconheciam, assim como eu os reconhecia. No entanto, de início eles se esquivaram.

– Não sei – disse um deles. – Estava escuro.

– Escuro? Como assim, escuro? O que você acha que é isso aqui? Uma festinha de criança? Vocês estão na JH, seus idiotas, então façam o favor de agir direito!

Ele olhou para o outro cara da JH, que ficou lívido e começou a gaguejar.

– E-e-eu acho que não foi ele.

Os caras da Gestapo pareciam não acreditar no que ouviam. Eles metralharam de perguntas os dois rapazes da JH, mas eles continuaram insistindo que não me reconheciam, por mais ameaças que o Hoegen fizesse. Dava até a impressão de que tinham combinado que não diriam nada.

Finalmente, eles levaram tapas nas orelhas.

– Covardes! Imbecis! – vociferou Hoegen. – Isso não acabou, acreditem em mim!

Então ele os mandou embora, bateu a porta, foi até a mesa e pegou o chicote. Ele estava furioso mesmo, todo vermelho. Tive que tirar a calça e deitar na mesa. Ele extravasou a raiva toda em mim. Foi horrível, e não parava nunca. Só acabou quando desmaiei.

Acordei no chão. Meu corpo todo doía, e eu não conseguia nem me mexer. Hoegen e o carcereiro me agarraram, me arrastaram para fora da sala e escada abaixo. No corredor, desmaiei de novo. Não sei como voltei à cela.

Demorou muito para eu retomar algum grau de consciência. Tom cuidou de mim, e eu contei o que tinha acontecido.

– Não sei por que eles me protegeram. Talvez não tenham me reconhecido mesmo?

– Que baboseira, eles não são cegos – disse Tom. – Não, pode acreditar, eles estavam com medo.

– Medo? Do quê?

– Ah, que a Gestapo te matasse de pancada, só por eles mandarem. Veja bem, eles podem até estar na JH, mas, no fundo, têm coração. Além do mais, a Gestapo passa da linha. Nem a JH suporta eles.

Achei que nada poderia ser pior do que a surra que levei de Hoegen. Eu estava errado. Nem sei descrever o que aconteceu nos dias depois daquele. Hoegen nos espancou com tudo que arranjava. Ele sabia exatamente onde mais doía, e isso lhe dava um prazer imenso. Aí começaram a nos buscar de madrugada, quando a gente mal sabia onde estava, de tanta confusão. Tentaram todo tipo de truque. Mostraram declarações dos outros, com assinatura falsificada, para nos forçar a confessar. Quando não caímos no golpe, eles fizeram coisas com a gente que nem consigo escrever no diário.

Não sei como sobrevivemos a esses dias. Sem os outros homens da cela, provavelmente não teríamos. A maioria era Ostarbeiter – homens do leste forçados a vir trabalhar aqui –, e eles eram torturados ainda mais do que a gente. Disseram o que fazem quando não aguentam mais: pensam na casa deles, em como o país deles é lindo, e que um dia voltarão e a ver a família; imaginam tudo isso com fervor.

Tom e eu tentamos a mesma coisa. Nas piores horas, quando achamos que não daria mais, pensamos no Felsensee. Nas trilhas, no companheirismo dos outros, nas brincadeiras na água, nas histórias e nas músicas ao redor da fogueira, no sono a céu aberto, perto das brasas quentes. Contamos histórias de lá um para o outro, e juramos que voltaríamos. Provavelmente foi a única coisa que nos fez aguentar.

Hoje de manhã – no sétimo dia –, depois do desjejum, o carcereiro de repente veio buscar Tom e eu, juntos. Não fomos à câmara de tortura, mas a uma sala no primeiro andar. Flint, Murro, Furão e Magrelo também estavam lá. Ficamos chocados ao vê-los, de tão magros e descarnados que estavam, com a cara puxada, olhos afundados – pareciam fantasmas. Foi só quando vimos as expressões deles que notamos que estávamos iguais.

Um homem da Gestapo que não conhecíamos estava à nossa espera. O secretário chamou ele de "Kommissar Kütter". Ele entregou um documento a cada um de nós, que declarava que tínhamos sido bem tratados e não nos faltara nada. Se assinássemos, seríamos liberados. De início, não queríamos assinar, mas ele falou que, nesse caso, infelizmente teriam que nos manter presos ali para sempre. Olhamos para Flint, que assentiu, então assinamos.

– Aqueles entre vocês que já têm 18 anos se apresentarão ao exército amanhã e irão imediatamente ao front – disse Kütter. – Os outros devem se apresentar à JH e à delegacia local todo domingo pela manhã. Se houver qualquer reclamação, vocês voltarão imediatamente para cá. Agora, saiam!

Estávamos mais mortos do que vivos quando saímos da EL-DE Haus. Lá fora, o dia estava claro e ensolarado, e, de tão tontos depois do tempo no porão, precisamos nos apoiar uns nos outros. Mas conseguimos, sobrevivemos. E isso é o importante.

Não sei por que nos liberaram. Só sei que temos que fazer de tudo para nunca mais pisar naquela casa maldita, pois uma coisa é certa: não sairemos vivos de lá outra vez.

―――――•••―――――

Um dia depois de ter lido a passagem sobre a experiência dos Piratas de Edelweiss com a Gestapo, visitei a EL-DE Haus. Sabia que a construção tinha sobrevivido à guerra, e que agora é um memorial às vítimas do nazismo, mas nunca tinha estado lá, nem tido motivo para tal. Então fui corrigir esse fato.

Eu não estava preparado para o que me aguardava. No fundo do porão, havia fileiras de celas, onde os prisioneiros tinham sido detidos, preservadas como se o tempo estivesse congelado. Comprei um ingresso e desci. Dava para entrar nas celas, e até as coisas que os prisioneiros desesperados tinham rabiscado nas paredes ainda estavam legíveis. Era um ambiente opressor, e a sensação era tão real que eu esperava ver o carcereiro a qualquer minuto, e ouvir o barulho do cassetete.

Eu me agachei no chão em uma das celas, e tentei imaginar o que os prisioneiros deviam ter sentido. O medo, a dor, a fome, o fedor, a humilhação, o desamparo. É claro que não consegui – ia além da minha imaginação. Mesmo assim, aquilo me afetou; não consegui conter as lágrimas. Os outros visitantes me olharam, surpresos, mas não me importei. Eu via as imagens do diário à minha frente.

No dia seguinte, visitei o sr. Gerlach e contei o que fizera. Precisei descrever tudo o que observara para ele, até o último detalhe. Ele continuou fazendo perguntas, até estar convencido de que as celas ainda estavam iguais ao que ele e os amigos viram na época. Só então deixou para lá.

– O senhor chegou a visitar? – perguntei.

– Só uma vez – disse. – Há alguns anos. Mas a área mudou muito... só o prédio continua igual. Parei bem na frente, na entrada. Devo ter passado meia hora debatendo comigo mesmo... e fui embora. Não voltei desde então.

Ele olhou pela janela, em silêncio. Esperei um pouco, e falei:

– Vi as mensagens rabiscadas nas paredes.
Ele ficou atento.
– Ainda estão lá, depois desse tempo todo?
– Estão.
– Quantas são?
– Ah, não sei. Acho que umas duzentas por cela.

Algumas tinham ficado na minha memória, e as recitei. Elas falavam dos horrores da prisão e da tortura. Mas parei quando notei que era pesado demais para ele. Mencionei apenas mais uma:

– Uma das mensagens me lembrou do senhor. Dizia: "Rio de Janeiro, ahoy, Caballero, força aos Piratas de Edelweiss".

Ele se recostou no travesseiro.

– Sim – disse, sorrindo –, foi um de nós. É parte de uma das nossas músicas.

Ele ficou ali deitado, olhando para o teto. Fez-se silêncio. Estávamos só nós dois – os outros homens tinham nos dado as costas para ver um programa nas televisões da parede, usando fones de ouvido. Aproximei a cadeira da cama.

– O que aconteceu com Hoegen? – perguntei. – E os outros homens da Gestapo?

Ele demorou um pouco para responder.

– Não sei da maioria – disse –, mas, depois da guerra, alguns deles passaram uns anos na cadeia e voltaram para Colônia. Inclusive Hoegen. Ele virou empresário, acho.

– Quer dizer que... ele ficou aqui? E as pessoas não o expulsaram da cidade?

O sr. Gerlach fez um gesto de desdém.

– Encontrei ele uma vez – disse, a voz seca, tão afundado no travesseiro que eu mal via seu rosto. – Foi alguns anos após a guerra. Quando as coisas começavam a melhorar. Eu estava trabalhando em uma construção e, depois do serviço, gostava de ir a um boteco da área para uma cervejinha. Certa noite, ele estava sentado lá, em uma mesa no fundo.

– Ele reconheceu o senhor?

– Ah, sim. Ele me viu, e sorriu. Foi um sorriso diabólico. Ele sabia exatamente quem eu era.

– E o senhor? O que fez?

– Eu só tinha duas opções, honestamente. Dar meia-volta e ir embora... ou matá-lo.

Ele levantou a cabeça, me olhou e deu de ombros.

– Eu fui embora.

3 DE SETEMBRO DE 1944

A primeira coisa que Tom e eu fizemos ao sair da EL-DE Haus e voltar a Ehrenfeld foi visitar Tilly e Floss. Desde a prisão, não tínhamos notícia alguma delas, e, depois do que o homem na cela dissera a respeito de Maja, estávamos doentes de medo por causa delas. Não paramos de imaginar o que Hoegen poderia fazer com elas. Foram esses os piores momentos, enfiados lá embaixo, sem saber de nada, sem poder fazer nada para ajudá-las.

Por isso, ficamos só alegria quando as reencontramos e vimos que estavam bem. Elas disseram que tinham sido liberadas depois de dois dias, junto com Goethe. Parece que a Gestapo os considerou inofensivos, gente que andava com a gente à toa, sem saber muita coisa. Assim que saíram, foram à minha casa e à de Tom contar tudo para as nossas mães, e, dali em diante, elas iam todos os dias à EL-DE Haus e faziam um estardalhaço. Diziam que gritariam pela cidade toda se não recuperassem os filhos. Nunca soubemos disso, e não as deixaram descer para nos ver, mas, aparentemente, a situação ficou complicada demais para a Gestapo e, como nenhum de nós admitiu nada, precisaram nos soltar – não tinham nada comprovado contra a gente.

Levamos uns dias até retomarmos metade da nossa força. Finalmente, certa noite, Furão nos convocou de repente. Ele estava muito agitado, e disse que sabia como tudo tinha acontecido – tinha descoberto por acaso, porque mora na rua da Maja.

– Foi o vigia da nossa rua – disse. – O babaca vigiava ela de noite, e a viu entrar no prédio com os panfletos que a gente ia distribuir no dia seguinte. Ela deve ter derrubado algum, que o imbecil encontrou e usou para denunciá-la. Quando a Gestapo chegou, os panfletos já não estavam lá, mas pegaram Maja mesmo assim.

– Como você sabe disso? – perguntou Flint.

– Tem um bar na nossa rua que ainda não fechou. Ontem à noite, passei por lá e por acaso vi o cara sentado no canto com os amiguinhos nazistas. Fui escutar a conversa, porque achei que pudesse descobrir alguma coisa útil. Ele estava se gabando do feito heroico, e contou a história toda.

Ficamos furiosos. Tudo que tínhamos vivido na EL-DE Haus ressurgiu, e pensamos: então é esse espiãozinho intrometido miserável o culpado disso tudo!

Ontem à noite, nos encontramos no quarteirão do Furão e esperamos a ronda do vigia. Não foi difícil, porque ele se sentia seguro. Ficamos esperando atrás de uma passagem escura. Murro o derrubou, aí cobrimos a boca dele e o arrastamos para longe. Atravessamos a rua e descemos ao porão de uma casa destroçada, onde ninguém nos incomodaria.

Lá, começamos a dar uma lição nele. Para ele saber a sensação de ter se ferrado, sem poder fazer nada. De estar sozinho, sem ter ajuda alguma. Furão se manteve afastado, para não ser reconhecido, mas o restante de nós – eu, Tom, Flint, Murro e Magrelo – o espancamos até ele mal conseguir se mexer.

Quando vimos que ele não suportava mais, paramos. Exceto Flint. Ele continuou, como se estivesse louco. Encheu o cara de pontapés, e finalmente tirou uma roqueira do bolso e o esmurrou com o troço.

Eu já tinha notado que ele mudou desde a história da Gestapo. Hoegen deve ter tratado ele diferente de mim e de Tom, por reconhecer que Flint é uma espécie de líder. Não sei o que fizeram – ele não fala, e a gente não pergunta –, mas deve ter sido muito ruim. Ontem, ao vê-lo, ficou claro que alguma coisa deve ter se quebrado dentro dele, lá embaixo na EL-DE Haus.

Tivemos medo de ele matar o vigia, e tentamos segurá-lo, só que ele estava tão fora de si que não conseguimos detê-lo.

Apenas Murro deu um jeito, segurando-o com os dois braços.

– Deixa ele, Flint – resmungou, puxando-o. – Deixa ele para lá.

Levou um tempo para Flint voltar a si. Tínhamos levado uma corda, então amarramos, amordaçamos e prendemos o vigia a um poste na rua, com um bilhete grudado na testa: "Porco nazista".

Na hora de fugir, nem pensamos duas vezes se estávamos certos de fazer isso. Porque, né, o que isso significa? A lei provavelmente está do lado desse babaca. Como vigia de quarteirão, o dever dele é delatar gente suspeita. Ele está apenas seguindo as regras, sim. Só obedece à lei. Mas gente que nem a gente aprendeu desde a infância que leis não foram feitas por nós, nem para nós. Então por que deveríamos segui-las?

Ainda não soubemos nada a respeito de Maja, parece que ela desapareceu da face da terra. Fomos visitar os avós dela, mas eles também não sabem de nada, e estão desesperados. Todo dia, nos perguntamos o que pode ter acontecido com ela, aonde a Gestapo pode tê-la levado. Ou será que ela foi embora voluntariamente? De vergonha?

Depois de tudo o que passamos na EL-DE Haus, jamais a culparíamos, independentemente do que ela tenha contado. Nenhum de nós faria isso. A gente só queria vê-la de novo.

5 DE SETEMBRO DE 1944

Não fizemos o que Kütter mandou. Nem fodendo que Flint, Murro e Magrelo se alistariam no exército. Eles voltaram imediatamente ao esconderijo, ainda mais clandestino do que antes.

O restante de nós pensou por alguns dias, e nos demos conta de que teríamos que fazer o mesmo que eles. Não temos escolha. Não podemos voltar à JH, especialmente agora que convocaram nossa faixa etária para servir voluntariamente no exército há umas semanas. Porque todo mundo sabe o que "voluntariamente" quer dizer para os nazistas. Pode ter certeza de que todo mundo da JH que não se alistar vai ouvir horrores sobre ser covarde e mimado. Os avisos de alistamento já foram enviados. Tom e eu também os encontramos na caixa de correio, e os rasgamos.

Não tem volta para a gente. Kütter deixou bem claro o que acontecerá se não entrarmos na linha: vão nos levar de volta à EL--DE Haus. E, como sabem nosso nome, endereço e trabalho, só tem um jeito de a gente se salvar. Precisamos largar o emprego, e deixar de aparecer em casa. Precisamos nos esconder na clandestinidade e dar um jeito de sobreviver.

– Bem-vindos ao clube – disse Flint, quando nos encontramos para falar disso. – E não se preocupem, se nos mantivermos firmes, vamos sobreviver. O mais importante é arranjar uma hospedagem decente para todos nós. Mas estou dando um jeito, podem esperar.

Levou uns dias para ele nos mostrar a "hospedagem": um terreno velho e descuidado com um casebre pequeno nos arredores da cidade, perto da ferrovia que leva a Aachen. O terreno é o jardim dos pais de um amigo, segundo ele, mas eles foram mortos em um bombardeio e, desde então, a área ficou abandonada.

– Então, vejam só – disse ele –, fica bem distante, mas isso tem certa vantagem. Seria preciso um monte de coincidências para alguém encontrar vocês aqui.

Fomos dar uma olhada no casebre. É apertado para todos nós juntos, mas... e daí? É um teto, e não é nada ruim. Então fizemos as malas e nos mudamos. Não contamos para ninguém onde fica, nem para nossas mães. Elas não estão exatamente alegres pelo que estamos fazendo; a minha, pelo menos, não está. Mas expliquei que é melhor assim, e que cuidarei dela como puder. Então ela me deixou ir.

Ontem à noite, comemoramos a mudança: Flint e Murro, Furão e Magrelo, Tom e Floss, Tilly e eu. Goethe não foi. A EL-DE Haus deu um susto pesado nele, apesar de ele ter passado apenas dois dias lá. Ele não está acostumado a apanhar, e acha difícil de suportar. Mas acho que, no fim, ele vai sentir saudades. Uma hora ele vai vir nos encontrar, tenho certeza.

Já nos instalamos, e temos que dar um jeito de seguir a vida. Não é tão fácil – sem salário, sem cartão de racionamento etc. Mas temos Flint e Murro. Eles sabem como arranjar as coisas, e nos mostrarão o que fazer.

Além do mais, a guerra está acabando, qualquer um enxerga isso. Talvez a gente só tenha que aguentar mais umas semanas. Talvez essa bagunça acabe mais cedo do que imaginamos.

20 DE SETEMBRO DE 1944

Os Aliados chegam cada dia mais perto. Enquanto estávamos na EL-DE Haus, eles entraram em Paris. Depois, em Bruxelas e na Antuérpia, e em mais um monte de cidades de que nunca ouvimos falar. Nosso exército não consegue mais contê-los. Está apenas adiando o fim.

A gente cogitou retomar as campanhas, mas a memória da EL--DE Haus ainda está muito viva, e preferimos ficar quietos por um tempo. Além do mais, sobreviver já dá muito trabalho, não precisamos de mais complicação.

Do jeito que as coisas vão, já há muito perigo, como o que Tom e eu vivemos ontem. Estávamos na rua com Flint e Murro, para arranjar um pouco de comida no mercado clandestino. Era uma compra bem decente, com manteiga, queijo, ovos, e outras coisas também. Dividimos tudo, então Tom e eu pegamos nossa parte e seguimos para Klarastrasse.

Tomamos cuidado, mas ainda caímos no colo de uma patrulha da polícia. Felizmente, não tiveram a ideia de revistar as mochilas, porque, se encontrassem a comida, teria sido uma situação bem esquisita. Eles só nos obrigaram a nos identificar. Isso não era grave, porque tínhamos passes falsos da JH, e os mostramos.

– Por que vocês dois não estão na Linha Siegfried? – perguntou um deles.

– Como assim? – disse Tom. – Era para estar?

– Parem de se fazer de ainda mais burros do que são, seus espertinhos. Acharam que daria para escapar, né? Meia-volta, marchar! Vocês vão conosco à estação.

Levaram a gente à estação ferroviária e nos enfiaram em um trem, já repleto de algumas centenas de jovens da JH. A gente queria fugir, mas, antes de conseguir, o trem começou a partir. Foi aí que descobrimos do que se tratava. A gente sabia que estavam aumentando a linha Siegfried para conter os Aliados, mas nem todos os rapazes da nossa idade tinham sido convocados – e os professores também, porque as escolas foram fechadas.

Viajamos por mais ou menos uma hora, e andamos mais uns quilômetros, até finalmente chegar em algum lugar da planície, perto de Aachen. Quando chegamos, não acreditamos no que vimos. Até perder de vista, havia milhares de rapazes, cavando que nem toupeiras. Precisavam abrir valas antitanque e construir trincheiras. Alguns estavam com lama até os joelhos.

Um dos caras da JH fez um discurso para nos explicar tudo. Não dava para ter ideia nenhuma de fugir, disse. Iam nos pegar, e a gente ia desejar nunca ter nascido. Aí distribuíram enxadas e pás. Não tivemos outra opção além de trabalhar. Não que a gente tenha se esforçado muito. Na maior parte do tempo, Tom jogava uma pá de terra para o meu lado e eu devolvia para ele, e só. De poucos em poucos minutos, um cara aparecia e nos dava um sermão daqueles, mas, depois da EL-DE Haus, isso não nos impressiona muito.

Em certo momento, notei que Tom estava apoiado na pá, e aí ele me cutucou.

– Ei, estou vendo coisas, ou é o velho Kriechbaum ali?

Olhei e o encontrei. Ele estava um pouco além na trincheira, sacudindo a pá. A gente subiu e foi até lá, e o vigiamos por um tempo. Ele estava cavando que nem um doido, mas dava para ver que nunca tinha feito algo como aquilo antes – era horrivelmente desastrado.

De certa forma, vê-lo ali nos fez bem. Na escola, a gente era tão pequeno que não tinha nenhuma chance contra ele. Agora a gente é mais alto e mais forte do que ele, e sentimos que dava para esmagá-lo no chão se quiséssemos. De repente, ficamos muito metidos.

– Ei, Kriechbaum! – gritou Tom. – Lembra da gente?

Ele parou de cavar e nos olhou. Dava para ver que nos reconhecia, mas ele apenas sacudiu a cabeça com desprezo e desviou o rosto de novo. Isso irritou a gente para valer.

– O que acha, Gerlo? O que a gente faz com ele?

– Sei lá. Que tal enterrar ele?

– É, boa ideia – disse Tom. – Ô, Kriechbaum, que tal? A gente pode cavar bem e te enfiar aí, resolver todos os seus problemas. Aí você vai poder passar a eternidade aqui, segurando os tanques.

Ele fingiu não ouvir, e acabou resmungando "escória" baixinho. Aí a gente surtou mesmo. A história de enterrar era só piada, mas decidimos seguir em frente. A terra choveu nele. É claro que causou todo um estardalhaço. Os supervisores da JH gritaram com a gente e, dali em diante, precisamos trabalhar que nem burro de carga, mas valeu a pena. A gente queria zoar com o Kriechbaum uma vez só, depois de tudo o que ele fez conosco!

A escavação inútil foi seguindo sem pausa até a noite, quando nos deram um pouco de comida, e precisamos dormir em um dos quartéis de lá. Não sei quanto tempo queriam nos manter ali, provavelmente vários dias. Enfim, não queríamos descobrir. Fugimos de madrugada, enquanto todo mundo dormia, e, ao amanhecer, já estávamos tão longe que ninguém podia nos pegar.

Aí passamos o dia todo na viagem de volta. Seguimos as ferrovias, porque era menos provável encontrar patrulha ali do que na estrada. Tarde da noite, chegamos ao nosso casebre. Os outros ficaram bem felizes em nos ver, porque estavam preocupados – achavam que a gente tinha ido parar de volta na EL-DE Haus.

Não há nada a temer, dissemos. Estávamos só colaborando com o esforço de defesa nacional, e ajudando um velho amigo com a jardinagem no caminho. Ninguém é preso por isso!

22 DE OUTUBRO DE 1944

Ontem soube que Horst voltou à Colônia. Minha mãe me contou. Eu a encontro de vez em quando para entregar umas coisinhas que arranjo no mercado clandestino. Sinto um pouco de culpa por ter deixado ela sozinha. Não tive opção, nem queria, mas mesmo assim é esquisito. Por isso, no mínimo, garanto que ela tenha comida decente de vez em quando.

A gente normalmente se encontra no cemitério de Ehrenfeld, sempre no mesmo dia, na mesma hora. Klarastrasse é perigosa demais para mim agora, e tenho medo de ficarem à minha espreita lá. O cemitério é bom e discreto, porque minha mãe vai muito lá de qualquer jeito, para cuidar do túmulo do meu pai. Eu me escondo em algum arbusto, espero ela passar, e espero mais uns minutos. Só a acompanho quando tenho certeza de que não tem ninguém seguindo. Cuidado nunca é demais!

Enfim, ela me disse que Horst voltou e quer me encontrar. Sugeriu um lugar em Stadtgarten que era uma espécie de ponto de encontro nosso. Então hoje eu fui, atravessando Ehrenfeld. O lugar todo é um deserto de escombros agora. Os Aliados não param com os ataques aéreos e bombardeios, e todo dia soa a sirene. É moleza para os bombardeiros, porque as estações de artilharia antiaérea já foram todas destruídas, e não tem mais nenhuma defesa decente. Está tudo desmoronando, todo mundo tentando só sobreviver, um dia após o outro.

Eu não estava muito animado para rever Horst. Senti medo de ele cair matando em cima de mim depois de saber o que fiz. Porque não voltei para a JH, mesmo ele tendo arranjado tudo para mim. Porque continuei a andar com Flint e a galera. Porque deixei nossa mãe sozinha. E ainda teve a história toda dos panfletos e da Gestapo! Eu não sabia bem o quanto ele estava sabendo, mas fiquei enjoado de tanto nervosismo.

Ele já estava à minha espera quando cheguei a Stadtgarten. A primeira coisa que notei foi que ele não estava uniformizado. Isso já era esquisito, mas, quando me aproximei, notei que ele tinha mudado de outras formas também. Ele não estava tão empertigado como de costume, mas meio curvado, e tinha uma expressão no olhar dele que eu nunca vira.

– E aí, cara! – disse ele, quando cheguei. – Como vão as coisas?

– Ah, podiam estar piores. E você? Quando voltou a Colônia?

Ele não respondeu, só me olhou. O olhar dele me atravessou. Caramba, qual era o problema dele? Não ousei perguntar.

– Soube o que aconteceu com você – disse ele, depois de um tempo. – E com seus amigos. Não precisa me contar nada, se não quiser. Nem falar do que está fazendo agora, ou de onde estão. Na verdade, é provavelmente melhor não falar, mesmo. Também não vou perguntar, tá?

– Tá. Claro, Horst, tranquilo. Mas...

– E toma cuidado com a Gestapo, tá ouvindo? Eles estão se reunindo em Colônia. Todos os que fugiram da França e da Bélgica. Querem fazer uma limpa daquelas, pelo que eu soube.

Fiquei ali parado, sem saber o que pensar. Por um lado, fiquei aliviado por ele não me passar sermão. Por outro, quase teria preferido uma bronca. Porque, daquele jeito, as coisas estavam meio estranhas.

– Diz aí, Horst, lá no leste, o que está rolando... quer dizer... como é por lá?

– Não estou mais no leste. Fui transferido para Colônia.

Eu quis saber o motivo. Ele disse que só tinha mudado de posto, e agora é guarda em um campo de Ostarbeiter, aqui em Ehrenfeld, na Vogelsanger Strasse. Na SS, não se pergunta nada, as coisas são assim. Mas, pela voz dele, notei que tinha caroço nesse angu. Achei que talvez ele tivesse feito besteira, e sido transferido como castigo. Finalmente criei coragem de perguntar.

– Fala sério, Horst, me diz, o que aconteceu lá?

Ele hesitou, e sacudiu a cabeça.

– Não posso falar.

– Caramba, Horst, sou seu irmão! Me conta!

Levou mais um ou dois minutos para ele desembuchar. Falou tão baixo que mal escutei. Ele me contou que passou os últimos dezoito meses na Polônia, como guarda em um campo. Só explicaram no trajeto. De início, ele não sabia o que o aguardava, mas logo entendeu. Ele respirou fundo. E aí me contou tudo. Tudo o que viu. E, pior ainda, tudo o que fez.

Fiquei totalmente chocado. Escutei, parado e em silêncio. Em certo momento, precisei me sentar. Parecia que ele tinha me nocauteado. Porque, claro, faz séculos que ninguém acredita naquele conto de fadas das casas de idosos. Todo mundo sabe que coisas horríveis acontecem ao leste. Espalham muitos rumores por aí. De judeus sendo assassinados. Mas, mesmo assim, eu não estava preparado para o que Horst me contou. Foi horrendo. O pior de tudo era pensar que ele, meu irmão, tinha feito parte daquilo.

Ele falou e falou, até não conseguir mais falar. A voz dele falhou, e ele desabou. Chorou em bicas. Isso acabou comigo. A vida toda, eu nunca o tinha visto chorar; não acontecia nunca. Olhei para ele, e entendi. Tudo em que ele acreditava, tudo pelo o que ele vivia, tinha sido destruído no leste. Não restava nada para ele. Ele não conseguia aguentar.

— Horst, você precisa sair — falei, depois de termos passado meia vida sentados em silêncio, lado a lado. — Seu lugar não é esse.

Ele sacudiu a cabeça.

— Não dá para pedir demissão da SS se não gostar mais. Não funciona assim.

— Mas... você pode vir ficar com a gente. Não vão te encontrar.

— E morar debaixo do mesmo teto com o Flint? Esquece! Ia ser um inferno.

Insisti, mas não dava para conversar. Ele só repetiu que eu devia me cuidar, ficar muito atento, e foi embora.

Passei o dia pensando nele. Ou, mais especificamente, na gente. Lembrando todo tipo de coisa, de antigamente, do que vivemos juntos. Um pensamento não sai da minha cabeça: e se fosse eu o craque nos esportes, entre nós dois, e quisessem que eu fosse àquela escola, em vez dele? Tudo teria acontecido exatamente igual, mas ao contrário? Será que tudo depende mesmo de coincidências tão mínimas? Ele não é má pessoa, é? É meu irmão!

14 DE NOVEMBRO DE 1944

Há algumas semanas, notamos pela primeira vez que há outras pessoas escondidas no nosso terreno. São principalmente Ostarbeiter que escaparam dos campos e agora estão tentando sobreviver até o fim da guerra.

Magrelo diz que já tem uns dois milhões deles no Reich agora. A maioria vem da Polônia ou da Rússia. São arrancados da rua em plena luz do dia e arrastados para cá, e agora têm que fazer o trabalho mais perigoso e difícil. Sem eles, o lado alemão da guerra teria entrado em colapso há séculos.

Fizemos amizade com os que estão aqui no jardim. Eles fugiram do campo na Vogelsanger Strasse e se instalaram em um casebre perto do nosso. De início, desconfiaram da gente, mas depois ficaram mais confortáveis, assim que notaram que a gente não é nazista, só uns pobres coitados que nem eles.

A gente se ajuda quando possível. Eles não falam alemão muito bem, porque são da Rússia, mas são muito gentis. Goethe ficou apaixonado por eles. Eles muitas vezes cantam as próprias músicas quando sentem saudades do país, e ele não aguenta. São músicas tristes, mas muito bonitas, e Goethe acompanha no violão. É por isso que ele voltou a encontrar a gente. Mas a gente sempre soube que ele não ficaria muito tempo sozinho.

Os russos contaram como as coisas eram no campo deles. Ficavam todos aglomerados em quartéis escuros, e precisavam dormir em beliches de três, quatro camas. Tinham que fazer trabalho forçado nas fábricas dia e noite, sem comer quase nada. Ficavam tão famintos que enfiavam punhados de grama na boca. E, se os guardas os pegassem fazendo isso, eram espancados até não poder mais.

Quando ouvi isso, não entendi como Horst consegue trabalhar lá, depois de tudo o que viu e viveu no leste. Ainda não entendo. Tilly diz que passaram seis anos forçando esse lixo goela abaixo dele na escola, e que não dá para jogar essas coisas fora com tanta facilidade. Ela provavelmente está certa. Mesmo assim, fico decepcionado com ele.

A gente se lembrou do que aconteceu com a gente na EL-DE Haus. Tinha muitos Ostarbeiter nas celas com a gente lá. Eles nos ajudaram e encorajaram, mesmo em estado ainda pior do que o nosso. Não esquecemos disso, e agora queremos retribuir de alguma forma. Há mais ou menos uma semana, nos esgueiramos até o campo à noite e secretamente enfiamos algumas coisas para eles por debaixo da cerca. Pão, linguiça e queijo, o que estivesse sobrando. Na hora de fugir, vimos eles saírem do escuro que nem fantasmas para pegar a comida.

A gente já fez isso algumas outras vezes desde então. Pelo menos sabemos que vale a pena. Diferente dos panfletos e das frases nos muros. Os comunistas estavam certos: nunca adiantou de nada. Era para os pássaros, nenhuma pessoa se interessa. Isso, sim, é diferente, porque, no campo, nossa ajuda é de verdade. Mesmo que seja só pouca coisa, a sensação é boa.

Quando vi Horst de novo ontem, não queria contar para ele. Mas ele começou a falar do campo e, no fim, contei. Ele ficou chocado.

– Vocês estão loucos? – falou. – Alemães são proibidos de ter contato com os Ostarbeiter. Que dirá ajudá-los. O castigo é a forca. Vão executar todos vocês se forem pegos!

Quanto mais ele falava isso, mais eu ficava furioso. O que dá a *ele* o direito de dizer essas coisas para *mim*? Depois de tudo o que ele fez! Finalmente, surtei e gritei. Toda minha decepção escapou. Chamei Horst de "cuzão", e de todos os xingamentos que me ocorreram. Ele ficou parado lá, sem dizer nada. De repente, pareceu pequeno e desamparado.

– A gente espera que eles nos executem faz séculos – falei, depois de extravasar. – Isso não é novidade. A gente nunca deixou que isso nos impedisse, e não vamos deixar agora. *A gente* não tem nenhum motivo para sentir vergonha, cara.

Aí fui embora, e deixei ele para trás. Ontem à noite, voltei ao campo. Foi quase como se eu fosse forçado. Como se precisasse provar a Horst que ele não podia mais mandar em mim. Que sou dono do meu nariz, e sei o que fazer ou não fazer.

Não fui sozinho. Tilly, Floss e Tom foram também. Durante o dia, trocamos por comida alguns maços de cigarro que Flint e Murro tinham roubado de algum lugar, e carregamos o que restara na mochila. Tem um canto em que os arbustos se juntam à cerca do campo. Fomos até lá e, chegando à cerca, começamos a tirar tudo da bolsa e passar por baixo do arame.

Normalmente, fugimos muito antes de as pessoas virem pegar as coisas, mas ontem foi diferente. Alguns chegaram enquanto a gente ainda estava lá. Eles pareciam mortos de fome, quase cadavéricos, e caíram de boca na comida na mesma hora. Não conseguíamos passar a comida pela cerca na mesma velocidade em que comiam. Foi assustador vê-los.

Quando não sobrou mais nada, eles quiseram agradecer. Uma mulher passou a mão pela cerca e tocou a cabeça da Floss, e outra estava prestes a fazer o mesmo com Tilly. Só que, antes de conseguir, de repente, holofotes foram acesos, e a cerca toda se iluminou. Aí vieram gritos, ordens berradas de algum canto, e dava para ouvir as botas ecoando pelo chão.

Os Ostarbeiter fugiram para todo lado, e tentaram voltar aos alojamentos antes de serem pegos. A gente saiu correndo pelos arbustos. Mas não fomos rápidos o bastante. Quando chegamos à rua, já havia alguns guardas lá, bloqueando o caminho. Eles apontaram as submetralhadoras para a gente e nos forçaram a recuar até a cerca. Precisamos pôr as mãos ao alto que nem criminosos inveterados, enquanto eles revistavam as mochilas.

Foi só então que vi que Horst estava entre eles, e acho que me reconheceu na mesma hora. Ele tremeu e me encarou e, por um momento, parecia não saber o que fazer. Finalmente, ele se virou para os outros guardas.

– Bom, está tudo certo – disse ele. – São só uns pirralhos intrometidos. Provavelmente nem sabem que estão fazendo algo ilegal. Sugiro dar uma lição neles e depois liberá-los.

Os outros não se convenceram.

– Eles já têm idade de saber o que fazem – disse um deles. – E definitivamente não são tão inofensivos quanto parecem. Provavelmente roubaram a comida. De qualquer jeito, a gente não pode liberar eles, Gerlach, você sabe disso. Se descobrirem, a gente vai se ferrar.

Ele avançou e estava prestes a nos levar embora. De repente, Horst deu alguns passos até o colega, apontou a arma na direção dele e dos outros guardas e gritou para que largassem as armas. Eles o olharam em surpresa total, e, de início, não obedeceram. Só que ele repetiu o comando, e tinha algo tão ameaçador em sua voz, evidenciando que estava determinado e pronto para tudo, que os outros não tiveram outra escolha além de obedecer.

Horst acenou com a cabeça para a gente enquanto mantinha os caras da SS afastados, usando a arma. Tilly, Floss e Tom fugiram na mesma hora, mas eu fiquei. Não queria deixar Horst lá. Fiquei parado perto da cerca, como se estivesse grudado no lugar.

– Vai lá, garotão, dá no pé – disse ele. – E adeus!

Eu queria gritar para que viesse comigo, mas, quando o olhei nos olhos, soube que não adiantaria. Ele não viria. Não queria mais viver.

Tilly e Tom estavam se esgoelando, gritando por mim. Já tinham chegado na esquina seguinte, onde me esperavam. Olhei deles para Horst e de volta, e corri atrás deles. Na esquina, me virei para trás. Horst tinha sido desarmado pelos outros caras da SS, e foi tudo o que vi antes de Tom me puxar.

Hoje, passei o dia todo perto do campo, porque sentia que precisava fazer alguma coisa. Não vi nem sinal de Horst – claro. Provavelmente já levaram ele para outro lugar há séculos, para interrogá-lo. Mas ele não vai nos entregar, disso eu tenho certeza. Ele nunca faria isso.

Não estou me iludindo. O que ele fez é traição, o que também dá pena de morte. Mas nem quero pensar nisso. Sempre que penso, me lembro do nosso encontro de ontem. De ter gritado com ele, de tudo o que eu disse. Mas não era aquilo que eu queria dizer! Eu estava só com raiva e decepcionado! *Preciso* esclarecer isso para ele!

Não podemos deixar ele ir para a forca. Temos que soltá-lo. Custe o que custar. Devemos isso a ele!

———••———

Certo dia de janeiro, uma das enfermeiras me chamou quando eu saí do quarto do sr. Gerlach e já estava quase saindo daquela ala do hospital. Eu me virei e a vi fazer um sinal para que eu voltasse. Ela me levou à sala da enfermagem e fechou a porta.

– Perdão por chamá-lo assim – disse ela. – Mas precisava conversar com você. Notei a frequência com que vem visitar o sr. Gerlach.

– Sim. Por quê? Não posso vir tanto?

– Ah, não é isso. Pode vir, sim, não se preocupe. Visite-o sempre que quiser. Eu só não sei... qual é a relação entre vocês. Você é da família?

– Não. Não somos parentes.

– O que são, então?

Pensei. O que éramos, na verdade? Conhecidos? Não, nosso relacionamento era mais especial do que de meros conhecidos. Amigos? Era mais adequado, sim. Mas, por algum motivo, provavelmente a enorme diferença de idade entre nós, não consegui pronunciar a palavra.

– Sou... aluno dele – foi o que eu disse. – É, pode-se dizer que sim.

Ela pareceu confusa, mas não insistiu.

– Sabe... sempre que o sr. Gerlach acorda de um cochilo durante o dia, ele quer saber se você veio aqui – contou ela.

– Sério? Por quê? Quer dizer... por que a senhora me disse isso?

Ela me olhou, pensativa.

– Porque, desde que ele foi internado aqui, você foi a única pessoa que veio visitá-lo.

De início, não quis acreditar. Perguntei se era possível ser um engano, mas ela disse que não. De repente, notei uma coisa: eu praticamente nunca conversava com o sr. Gerlach sobre a família e os amigos dele, ou nada mais do presente. Na verdade, eu não sabia nada sobre ele, além das coisas que tinham acontecido setenta anos antes.

– Venha cá, sente-se – disse a enfermeira.

Eu me sentei, e ela se sentou na minha frente.

– Preciso que você me escute. Veja bem, a questão é que o sr. Gerlach não tem muito tempo de vida.

– Quer dizer que... ele está morrendo? Não pode ser!

– Temo que sim. Tudo o que podemos fazer por ele é tornar o fim um pouco mais fácil... e mais agradável. É por isso que quis conversar com você. Acho que você é a única pessoa que ainda traz a ele certa alegria. Promete não esquecer disso?

Fiquei atônito. Não consegui dizer mais nada, apenas saí da sala em silêncio e desci de elevador. Quando cheguei à rua, precisei me sentar um pouco. Por que ele não me contara? Será que ele sabia de seu estado?

Foi então que entendi que não era do feitio dele fazer um escarcéu. E, além do mais, talvez ele tivesse, sim, me contado, a seu próprio modo. Talvez ele estivesse me contando aquele tempo todo – e eu não tivesse entendido.

28 DE NOVEMBRO DE 1944

Ainda não consegui aceitar o que aconteceu com Horst. Desde que Tom e Flint me arrastaram de Hüttenstrasse e me trouxeram de volta para cá, não consigo tirar as imagens da cabeça. É um filme que passa sem parar. Especialmente o momento em que Horst levantou o rosto, me procurando. Ele esperava que eu fosse salvá-lo de lá, como ele me salvou no campo. Mas eu não o salvei. Eu fracassei.

Tilly tenta me reconfortar. Ela diz que preciso parar de me culpar. Eu não *podia* ter feito nada, teria sido puro suicídio. O que ela fala é bem-intencionado, mas sei que não é verdade. Eu definitivamente poderia ter feito alguma coisa, mas não ousei. E Tom e Flint não deixaram.

Hoje, me sentei sob as árvores atrás da casa. Não queria ficar lá dentro com os outros. Em certo momento, Flint saiu e se sentou ao meu lado. Dava para ver que ele queria falar alguma coisa, mas não conseguia dizer nada, só soltava uns resmungos e suspiros.

– Cacete! O que foi, cara? – perguntei, por fim. – Se tiver alguma coisa a dizer, desembucha e para com essa coisa inútil.

Ele coçou a cabeça.

– Bom, hum, eu lembro que um dia xinguei seu irmão de filho da mãe. Você lembra?

– Lembro. Depois de ele ter te moído na porrada.

– Ele não... Mas... tá, deixa para lá. Enfim, me desculpa. Do jeito dele, ele era de boa, sabe. Se ele não tivesse ido àquela escola de merda, poderia ter sido um de nós.

Cerrei os punhos.

– Ele *era* um de nós, Flint – falei. – Porra, ele era um de nós.

Flint voltou seus olhos de carvão para mim. Eu o olhei de volta. Dessa vez, foi ele que não conseguiu sustentar meu olhar.

– É – disse ele, olhando para o chão. – Você está certo, Gerlo. Ele era um de nós.

15 DE DEZEMBRO DE 1944

O inverno chegou com tudo há umas duas semanas. Está um frio cortante, que nos congela até os ossos. Não tem aquecimento na nossa casinha, e nos manter vagamente confortáveis é dificílimo. Começamos a queimar as árvores atrás do casebre. Mas temos que tomar cuidado para a fumaça não ser visível da ferrovia. Se alguém notar, a polícia – ou algo pior – virá na nossa cola.

A cidade está um caos. Ehrenfeld é só ruínas. Aonde quer que se vá, é preciso se debater nos escombros e tomar cuidado para não cair em uma cratera causada por bomba, ou ser esmagado por uma parede desmoronada. Não sobrou nada para bombardear, mas os ataques aéreos continuam mesmo assim. Os aviões voam cada vez mais rápido, metralhando as pessoas no meio da rua. Uma vez, eles quase pegaram Furão. De tanto desespero, ele pulou em um laguinho, e foi assim que se salvou. Quando voltou, estava tão congelado que precisamos botá-lo na frente do fogo para derreter.

Ir à cidade agora é uma missão suicida. Só vamos quando é estritamente necessário, ou quando movidos pela fome. Tem o risco de esbarrar em tropas da SS e da Gestapo em qualquer canto. Eles estão procurando ilegais: Ostarbeiter fugidos, desertores, saqueadores... e gente como nós. Se pegam um coitado, não se demoram, e se livram dele na hora. Somem atrás do muro mais próximo, fazem alguns disparos. E pronto.

Às vezes, vemos pessoas vagarem entre as ruínas, sem nem saberem quem são ou aonde vão. Elas provavelmente perderam tudo, e não suportaram, enlouqueceram completamente. Dá para ouvi-las rir ou contar histórias da juventude, em voz de criancinha mesmo. Se eu vejo uma coisa dessas, vou embora e tento esquecer.

Enfim, já temos problemas o bastante entre nós. Desde o início do inverno, arranjar comida foi ficando mais difícil. Praticamente não tem nada para comprar na cidade, mesmo no mercado clandestino. A gente se juntou para discutir as possibilidades. Flint tinha uma sugestão. Falou que conhecia uns caras. Profissionais.

– Profissionais? – perguntou Tilly. – Como assim?

– Bom, ladrões. Pra valer. Eles sabem onde tem coisa para roubar, e como pegar. E disseram que não recusariam a ajuda de mais umas pessoas.

– Você conhece bem eles? – perguntou Tom.

– Não sei se "bem". Não são meus amigos, exatamente, e não quero me meter tanto com eles. Mas acho que são bem confiáveis... dentro do possível para ladrões.

Passamos um tempo discutindo. Ninguém estava animado com a ideia, especialmente Tilly e Floss, mas dava para ouvir nossas barrigas roncando, e temos que fazer alguma coisa. Por isso, decidimos pelo menos dar uma olhada nesses caras.

No dia seguinte, Flint, Tom e eu os encontramos. Eles se chamam Rupp e Korittke, e são bem suspeitos. Não gostei muito deles, especialmente porque, desde o início, ficou claro que eles não levam gente como nós a sério. Ou só levam o Flint a sério – ele, eles aceitam, mas veem a mim e ao Tom como dois intrometidos, e não esconderam essa opinião.

De qualquer forma, topamos arriscar com eles. Porque dava para ver que eles sabem o que estão fazendo. Sabem exatamente onde arranjar coisas, e como arranjar. Tá bom, dissemos, eles podem ser vigaristas, mas são nossa melhor esperança.

Por isso, ontem à noite saímos com eles pela primeira vez. Fomos à estação ferroviária de carga de Ehrenfeld. Flint e Murro, Furão e Magrelo, eu e Tom. Não podíamos meter as garotas nisso – Rupp e Korittke disseram isso logo de cara, que seria pedir por problema. Então Tilly e Floss ficaram no terreno, e Goethe ficou com elas, porque os ladrões nem quiseram encontrá-lo.

Logo de cara dava para ver que eles sabiam se orientar na estação. Disseram que um carregamento de carne e linguiça enlatada ia ser enviado para o exército, e era esse o nosso alvo. A gente não dava a mínima para como eles sabiam disso. Provavelmente pagam propina para algum funcionário da ferrovia que lhes passa informações vez ou outra.

Fomos nos esgueirando até os trilhos. O trem de que falaram já estava lá, fechado e trancado, guardado por todos os lados pela polícia ferroviária. Não dava para chegar nele. De início, ficamos decepcionados e achamos que teríamos que dar no pé, mas Rupp e Korittke nos tranquilizaram. Disseram que possivelmente haveria um aviso de ataque aéreo à noite, e que seria a nossa oportunidade.

Devemos ter passado uma ou duas horas deitados na vala, esperando no frio congelante. Finalmente, as sirenes soaram, como fazem quase toda noite. Os policiais ferroviários desapareceram, se escondendo nos abrigos. Assim que eles se foram, nos levantamos e corremos. Fomos abaixados, junto aos trilhos, até o trem de carga, e, assim que as primeiras bombas explodiram ao longe, o alcançamos.

Não levou nem um minuto para os dois ladrões arrombarem a fechadura de uma das portas grandes. Abrimos o vagão e entramos. Estávamos carregando mochilas grandes, e fomos catando tudo o que íamos encontrando, tateando no escuro. Depois, saímos correndo pelos trilhos. O bombardeio estava em plena atividade, e mirava na estação também, com bombas de alto-explosivo e granadas explodindo por todo lado. Corremos que nem condenados, todo mundo queria escapar o mais rápido possível.

Por sorte, ninguém foi pego. A gente se escondeu no porão de uma casa bombardeada e dividiu os espólios. A divisão não foi exatamente justa – Rupp e Korittke ficaram com a melhor parte, para revender, e deixaram o que restou para nós –, mas nem reclamamos. Não queríamos brigar, e estávamos felizes de ter saído incólume. Por isso, catamos nossas coisas e demos no pé.

Primeiro, fizemos um banquete de madrugada no terreno, e convidamos os russos. Foi a primeira vez em séculos que a gente encheu a barriga direito. Separamos um pouco de comida para nossas mães, para todo mundo ter o que comer. Mas não vamos mais ao campo, porque agora é muito perigoso.

Hoje de manhã, finalmente não acordamos com a barriga roncando. Estava nevando lá fora, então pegamos lenha e acendemos a lareira. Depois nos agachamos ao redor do fogo e falamos da noite de ontem.

Tilly e Floss não ficaram muito felizes com o que fizemos.

– É perigoso demais – opinou Floss. – Se a polícia ferroviária notar, vai atirar. E nem pensem que esses malandros vão ajudar vocês. No fim, eles vão apenas dar um jeito de se salvar. Não dão a mínima para vocês.

– Isso – concordou Tilly. – Além do mais, acho que estão roubando das pessoas erradas. Vocês sabem como andam as coisas no front. Os soldados estão morrendo de fome. Eles precisam da comida!

Flint não concordou.

– Todo mundo tem que cuidar do próprio umbigo – disse ele. – E se algum dos rapazes lá no front não enxergou o óbvio e deu no pé, não adianta ajudar. Eles merecem. Foi mal, gente, mas é a minha opinião.

Nenhum de nós teria sido tão direto, mas, no fundo, concordamos. Não somos responsáveis pelas pessoas que ainda lutam pelos nazistas. Não podemos nos preocupar com eles. Ninguém nunca se preocupou com a gente.

25 DE DEZEMBRO DE 1944

É o Natal mais triste que já passamos. Ontem, no casebre, tentamos nos animar. Normalmente, não somos especialmente sentimentais, mas, mesmo assim, ficarmos ali sozinhos no frio era demais até para nós. A gente queria poder visitar nossas mães – exceto por Flint e Murro, é claro, que não têm mãe –, mas era perigoso. Só Goethe saiu à noite, porque queria dar um pulo até a casa dos pais.

– Volto mais tarde – disse ele.

– Traga um pouco de bolo de chocolate – disse Furão. – E leitão assado. E salada de batata. E sanduíche de linguiça. E...

– Vou trazer umas músicas – disse Goethe, e se foi.

Quando escureceu, soou um alerta de ataque aéreo, e o bombardeio imediatamente começou. As explosões eram bem perto da gente. Saímos e vimos que a maioria caía em Ehrenfeld. Na véspera de Natal! Não que sejamos muito religiosos, mas, mesmo assim... Parece certa maldade matar gente numa noite dessas.

Goethe não voltou, então nos arrumamos para dormir. Foi só de manhã, quando vimos que ele ainda não tinha voltado, que começamos a nos preocupar. Tom e eu fomos ver o que tinha acontecido. Normalmente, a área da casa dos pais dele não é atingida, porque não há fábricas nem operários por perto. Mas ontem foi diferente, o que notamos assim que chegamos.

Dava para ver de longe que uma bomba tinha caído na rua de Goethe. Ficamos com medo e começamos a correr. Aí vimos o que tinha acontecido: a casa dos pais dele fora totalmente destruída. O prédio todo estava em ruínas, não tinha sobrado uma pedra de pé. De início, não sabíamos o que fazer. Demos uma volta na casa, chamando, mas ninguém respondeu. Fazia um silêncio horrível.

Finalmente, vieram os moradores da casa ao lado, que tinha sido danificada, mas ainda estava de pé. Eles contaram o que tinha acontecido. Foi uma bomba direta, a casa pegou fogo na mesma hora. Goethe e os pais saíram a tempo, e todo mundo tentou apagar o incêndio. Mas Goethe voltou para casa de repente, e ninguém sabia o porquê. E então tudo desabou. Só conseguiram encontrar ele nos escombros hoje, mas já era tarde.

Ficamos totalmente chocados. De início, não acreditamos, mas, pelo jeito que eles contaram, não havia dúvida. Nós dois nos arrastamos para casa que nem cachorros maltratados, e demos a notícia. Aquilo nos atingiu com força, e ficamos um tempão apenas sentados, atordoados.

– Por que ele foi fazer isso? – perguntou Floss, por fim, com lágrimas nos olhos. – Por que ele voltou? O que ele queria?

– Provavelmente quis resgatar alguma coisa – disse Tom. – Devia ter a ver com música. O que mais teria sido tão importante para ele?

– Lembra o que ele disse na hora de sair? – disse Tilly. – "Vou trazer umas músicas". Talvez ele tenha voltado para a casa por isso, para pegar partituras.

Foi um choque e tanto. Todos tivemos certeza de que ela estava certa. Nada mais faz sentido. Mas a ideia de que ele morreu por causa disso é insuportável. Flint e Murro saíram da casa, e ouvimos gritos. Eles estavam destruindo alguma coisa a pontapés para extravasar.

O restante de nós ficou no casebre, falando de Goethe. Ele era o melhor entre nós, todos concordaram. Nunca tinha feito mal a uma mosca. E ele sabia mais e tinha mais talento que qualquer um de nós, mas nunca se exibia por isso. Nunca mesmo. Então ter sido ele, entre todo mundo, a morrer é uma injustiça que não conseguimos aceitar.

Finalmente, Flint e Murro voltaram. A expressão de Flint estava mais fechada do que jamais vi, mesmo nele.

– É a gota d'água – resmungou ele. – Não vamos aceitar isso. Eles vão pagar. Eu juro.

17 DE JANEIRO DE 1945

Por alguns dias depois da morte de Goethe, nos sentimos paralisados, mas finalmente nos recompusemos. A vida precisava continuar de algum jeito, não dava para simplesmente desistir. Então encontramos Rupp e Korittke outra vez e voltamos a roubar. Fomos ficando cada vez mais ousados. Com o tempo, começamos a ter uma sensação boa do cacete, especialmente Flint e Murro.

Há mais ou menos uma semana, quase nos ferramos feio. Estávamos na estação ferroviária de carga, pela segunda vez naqueles dias. Esperamos as sirenes, como de costume, e fomos nos esgueirando até o trem que os dois ladrões identificaram. No entanto, quando chegamos, as portas se abriram de repente e uma tropa de polícia ferroviária irrompeu dali, pois já estava à nossa espera.

Fugimos imediatamente, correndo pelo trilho. Eles estavam atirando, e tivemos que ficar nos esquivando e ziguezagueando para não sermos atingidos. Só Magrelo foi ferido, mas foi pouca coisa, uma bala de raspão no ombro. Quando voltamos para o casebre, Tilly e Floss enfaixaram a ferida. Foi uma sorte do caramba.

No dia seguinte, Flint sumiu por um tempo, e a gente não fazia ideia do que ele tinha ido fazer. Quando voltou, nos chamou e esperou todo mundo se aproximar, então tirou algo do bolso e colocou na mesa. Uma pistola. De nível militar.

A princípio, ficamos todos sentados ali, olhando para Flint, para a arma, de um para o outro. Fez-se um silêncio sepulcral. Olhar para a arma me dava um pressentimento ruim. Os outros também sentiam o mesmo, dava para notar.

– Ei, Flint! – disse Magrelo, por fim. – O que você quer com uma coisa dessas?

– Ué, o que você acha? Pensa que eu vou só ficar esperando eles matarem a gente, um a um? Goethe e o irmão do Gerlo já bateram as botas, você quase se ferrou ontem, e nunca mais soubemos da Maja, né? Acho que é hora de a gente retribuir na mesma moeda.

Murro concordou com a cabeça, e parecia estar alinhado com Flint. O restante de nós ficou menos animado, especialmente Floss.

– Sei lá, Flint – disse ela. – Tenho medo de isso servir apenas para piorar tudo. Se a gente começar a fazer essas coisas, vão notar a gente na certa!

– A gente não precisa começar nada – disse Tom. – Mas isso aí é uma boa segurança. Podemos levar quando sairmos à noite. Para nos defender.

– Defender? – disse Flint, e sacudiu a cabeça. – Me diz o seguinte, Tom: quando eles mijaram na gente e nos espancaram em Felsensee, quando rasparam nossa cabeça e nos pisotearam na EL-DE Haus... eles estavam se defendendo?

– Não, é claro que não. Por quê?

– Por nada. Pense nisso, cara.

Alguns dias depois, na nossa próxima missão, Flint levou a arma pela primeira vez. De certa forma, a gente se sentia mais seguro. Mas mesmo assim, fiquei feliz para caramba de não ter acontecido nada. Eu não estava animado para descobrir até onde Flint iria.

Ontem à noite, no entanto, descobrimos. Queríamos ir à estação de carga pela última vez. Na verdade, a gente queria ter parado depois da armadilha da polícia ferroviária, porque o lugar estava ficando arriscado demais. Mas Rupp e Korittke tinham se dado tão bem com a venda das coisas dos trens que quiseram voltar, e acabamos sendo convencidos a ir também.

No começo, tudo parecia correr bem. O trem nem estava protegido, e entramos sem dificuldade. Rupp e Korittke arrombaram a porta rápido e facilmente, e estávamos prestes a entrar... mas vimos que o vagão estava vazio. Completamente vazio. No mesmo momento, acenderam holofotes, e o trem todo foi de repente inundado por uma luz clara. Alguém gritou para a gente sair de mãos para o alto.

Antes de entendermos o que estava acontecendo, Flint vociferou para que nos protegêssemos, tirou a pistola e começou a atirar. Nós nos jogamos no chão de areia entre os trilhos. Pelo canto do olho, vi Rupp e Korittke puxarem as armas também, e começou o tiroteio. O barulho era de estourar os tímpanos, e ficamos de cabeça baixa.

Não dava para saber quem estava à nossa espera. Provavelmente era a segurança, talvez com uns caras da SS. De qualquer forma, Flint atingiu um deles no tiroteio. Deu para ouvir os gritos e gemidos. Isso pareceu distrair os guardas, que pararam de atirar por um momento. Aproveitamos para nos enfiar debaixo do trem, engatinhar, subir o muro do lado oposto da estação e fugir.

De volta ao casebre, ficamos aliviados por nada ter acontecido com a gente, mas também bem chocados. Exceto por Flint, que estava exultante.

– Agora a gente finalmente mostrou para eles a que viemos – disse ele, rondando a mesa sem parar. – Eu falei, gente. Não dá para só fugir, se esconder, se acovardar! Agora é a *nossa* vez. Vamos nos vingar pelo que fizeram com a gente.

Ele estava mesmo se agitando. Todos nós ficamos lá sentados, à escuta. Tilly e Floss, encolhidas nas cadeiras, estavam com a cara meio fechada, mas não disseram nada. Somente mais tarde, quando nos instalamos para dormir no canto, perguntei à Tilly o que tinha acontecido.

Ela puxou a cortina, como sempre faz quando queremos um espaço mais privado.

– Você por acaso sabe que eu e Floss ficamos apavoradas sempre que vocês saem? – sussurrou. – Não precisa piorar a situação, né?

– Mas a gente não pode fazer nada, Tilly! Temos que comer de algum jeito, né?

– Ah, cara, não é essa a questão.

– O que é, então? A arma?

Ela soltou um gemido baixinho.

– É, também. Mas não é só isso. Tem outra coisa. Flint... ele anda me assustando. Ele mudou. Tenho uma sensação esquisita com ele.

– Olha, Tilly, me escuta – falei, e a abracei. – Você é a melhor coisa da minha vida, sabia? Às vezes, até deixo você mandar em mim, e não tem muita gente que pode dizer isso. Mas não vou ouvir nada contra Flint. Sem ele, estaríamos mortos e enterrados há séculos. Você precisa confiar. Ele vai nos ajudar a sair dessa.

– Sim, eu sei. Até agora, ele sempre ajudou. Mas você o ouviu? – sussurrou ela, ainda mais baixo. – A gente não tem direito de atirar em ninguém! Roubar comida para sobreviver, tudo bem. Se defender se for atacado, tudo bem. Mas não podemos sair por aí matando gente!

– Sério? – falei. – E o que isso quer dizer? Ficaria surpreso se você pudesse me explicar. Eu nem sei mais, na real.

Ela se afastou um pouquinho.

– Você participaria disso também? Quer dizer, *conseguiria* participar?

– Ah, sei lá. Provavelmente não. Mas às vezes, se eu penso em Horst, em Goethe, em Maja, me vem uma fúria tão louca que nem sei mais quem eu sou. Não sei o que eu faria num momento desses.

A noite já estava escura, então eu não a enxergava bem, mas senti seu choque.

– Você não deve fazer isso! – disse ela. – Se fizesse uma coisa dessas, não seria a mesma pessoa para mim.

– Talvez eu já não seja, Tilly. Talvez eu não seja o mesmo desde a EL-DE Haus.

Ela ficou um tempo em silêncio, e se aproximou.

– Um dia, vamos morar juntos, em paz. Entendeu? Só nós dois. Em uma casinha perto de um lago. E teremos filhos. Eles sempre terão comida suficiente. E nem conhecerão a palavra "guerra".

— Ah, Tilly. Não se engane. É inútil desejar coisas que nunca vão acontecer. Mesmo que um dia não exista mais nazismo, nada vai mudar. Os bambambãs ainda vão mandar no mundo, e limpar as botas em gente como nós. Sempre foi assim. Alguém lá no alto sempre manda e desmanda.

— Como assim, gente como nós?

— Bom, gente que não faz questão de acumular pilhas de tralhas. Que não quer nada além de ar para respirar, um caminho para andar, e uma música para cantar. Sempre vão encher nosso saco, aonde quer que a gente vá.

Hoje, pensei algumas vezes nessa conversa. Estou arrependido de ter interrompido os sonhos de Tilly. Na verdade, eu gosto quando ela está assim. Eu só estava de mau humor. Logo direi isso para ela. Só preciso esperar o momento certo.

24 DE JANEIRO DE 1945

Eu queria jogar este diário na lareira e queimá-lo. Até fui lá, com ele na mão. Nunca mostrei ele a ninguém além da Tilly, e agora nem isso é possível. Tudo perdeu o sentido.

Acabei não jogando fora, e continuo a escrever, mas não sei por quê. Talvez eu imagine que possa trancar as piores coisas aqui, e fechar a porta para todas elas de uma vez. Aí, vou esquecê-las pelo tempo que quiser, sem perdê-las de vez.

É difícil escrever sobre isso. Nem sei por onde começar. Talvez por Magrelo, que se juntou com uma das russas. Ela se chama Nadia, e é uma das que moram aqui pelo terreno. Há alguns dias, ela disse que tem um depósito de roupas perto da estação de carga, que os nazistas e as famílias ainda usam para conseguir as melhores coisas. Ela falou que trabalhava lá com algumas das outras mulheres, antes de fugir.

Quando ouvimos falar disso, ficamos curiosos. Precisamos desesperadamente de novas roupas de inverno, porque as nossas estão esfarrapadas e esburacadas, e não servem mais para nos proteger do frio. Por isso, decidimos arrombar o depósito. Mas sem Rupp e Korittke. Faz séculos que estamos de saco cheio deles. Além do mais, Flint supôs que ele e Murro já tinham aprendido tudo com os dois. Além do mais, já têm as ferramentas certas também. Não precisávamos mais daqueles caras, eles podiam se mandar.

Três dias atrás, lá fomos nós. Era tarde da noite, quase madrugada. Estava todo mundo lá, até Tilly, Floss, Nadia e umas amigas dela. Nadia nos mostrou onde ficava o armazém, entre dois trilhos de trem desativados há algum tempo. Sempre achamos que fosse uma fábrica antiga e vazia. Nenhum de nós fazia ideia do que de fato havia lá.

Murro e Flint foram na frente, para analisar a área. Nadia dissera que não havia guardas ali à noite, mas, depois do recente ocorrido, queríamos garantir. Depois de um tempo, os dois voltaram para nos buscar e disseram que a barra estava limpa. Fomos ao depósito, e Flint e Murro tentaram arrombar uma das portas de ferro com as ferramentas. Eles não eram tão ágeis quanto Rupp e Korittke, e demoraram um pouco, mas, no fim, deu certo, e abriram a porta.

Furão e uma das Ostarbeiter ficaram lá fora, de vigia, e o restante de nós entrou. A gente tinha duas lanternas. Quando as ligamos, não acreditamos no que vimos. Em comparação com o que a gente, e a maioria das pessoas de Ehrenfeld, tem o hábito de usar, era o país das maravilhas. Havia ali tudo o que se possa imaginar: ternos, vestidos de gala e até casacos de pele, e muitos, mais do que imaginávamos ser possível.

– E foda-se a comunidade nacional! – disse Magrelo, depois de um tempo de incredulidade. – Eu toparia atear fogo neste lugar.

– Talvez a gente faça isso – disse Flint –, mas não agora. Primeiro, vamos pegar o que precisamos.

Nós nos espalhamos e caminhamos entre as estantes, todo mundo pegando o que cabia. No geral, a gente foi se vestindo na hora, e largando nossas roupas velhas lá. Afinal, o que a gente queria fazer com o resto? Nenhum de nós tinha armário, nem nada do tipo.

Quando terminamos, nos reencontramos no meio do salão. Queríamos dar no pé, mas Tilly, Floss e Nadia não queriam largar aquelas coisas. Elas tinham encontrado uma prateleira de vestidos. Nunca tinham tido a oportunidade de usar aquele modelo de vestido na vida, e queriam muito ver como ficavam.

– É melhor a gente se mandar! – disse Flint. – Não temos tempo para desfile de moda!

Tom e eu defendemos as meninas.

– Por que não? – disse Tom. – Deixa elas, Flint. Mal não faz.

As três nos mostraram a estante, e experimentaram alguns vestidos. Mas elas não conseguiam se decidir, iam encontrando roupas ainda mais bonitas, e queriam experimentar também. Nós nos sentamos em um círculo, iluminamos elas com as lanternas e aplaudimos. Na verdade, elas estavam, como nós, esqueléticas, famintas, com o rosto imundo. Mas, naquela noite, isso nem nos incomodou: as achamos lindas.

Foi a primeira vez em séculos que esquecemos tudo ao nosso redor e ficamos só de brincadeira. Como antigamente. Em Felsensee, ou quando colamos os dedos do vigia no parapeito, ou brincamos de gato e rato com a polícia no parque. Por alguns minutos, foi como essa época. Até Furão e o outro cara que deveriam ficar na vigia vieram se sentar com a gente. Paramos de acreditar que coisas ruins poderiam acontecer.

Não sei de onde os seguranças surgiram de repente. Provavelmente era uma patrulha da polícia na ronda. Eles entraram sem a gente notar, e abriram fogo sem aviso, como sempre fazem com saqueadores. Floss e Nadia se esconderam, mas Tilly não foi rápida o bastante. Uma das balas a atingiu. Acho que ela nem sentiu nada. Nem gemeu. A bala deve ter pegado bem no coração.

Lembro só que Flint e Murro puxaram as próprias armas e atiraram. Não sei como saímos de lá. Floss disse que Tom e Magrelo deram um jeito de nos tirar de lá, eu e ela. Não me lembro de nada. Nem quero.

Pensar que Tilly morreu e que tivemos que largá-la lá está me deixando louco. Ainda tinha tanta coisa que eu queria dizer para ela. Agora, estou paralisado. Não sei como sobreviver... sem ela.

A última vez que vi o sr. Gerlach foi no dia antes da morte dele. Quando entrei no quarto, mal o reconheci. Mesmo se a enfermeira não tivesse conversado comigo, naquele momento, ao menos, eu teria entendido o quão doente ele estava. Já não conseguia ficar de pé, e o rosto estava lívido e descarnado. Ele respirava com dificuldade e, quando dizia qualquer coisa, falava tão baixo que mal dava para escutar.

Por isso, na maior parte do tempo, eu ficava em silêncio ao lado da cama dele. De vez em quando, ele pegava no sono. Quando abria os olhos, me procurava, e parecia se acalmar ao me ver. Passei muitas horas com ele naquele dia. Ele estava sozinho no quarto; os outros dois homens tinham sido transferidos. Só uma enfermeira vinha de vez em quando, mas, fora isso, ficávamos tranquilos.

Quando escureceu lá fora, era minha hora de ir embora. Eu me abaixei para dizer tchau e dizer que voltaria no dia seguinte. Ele me olhou e assentiu com a cabeça, mas algo em sua expressão me conteve. Hesitei e, de repente, lembrei do que a enfermeira dissera: que ninguém além de mim o visitara naquele tempo todo de internação.

Puxei a cadeira de novo e me sentei.

– Ah, por sinal... o que aconteceu com o senhor e com Tom, no final? – perguntei. – O senhor era tão amigo dele... e agora nunca o menciona. Como foi depois da guerra?

– Ah, ele se mudou – sussurrou ele. – Para o sul. Floss tinha família lá. No campo. Lá as coisas não iam tão mal.

– Mas o senhor manteve contato com ele?

– A gente escrevia um para o outro. Ele e Floss se casaram, tiveram filhos. Começamos a trocar menos cartas. Só cartões de Natal, de aniversário. No fim, isso também acabou. Uma vida nova... e ninguém quer se lembrar da antiga.

Eu me levantei e estava mesmo pronto para ir embora, mas

ele me chamou mais uma vez.

– O que eu tive com Tilly – disse ele – só acontece uma vez na vida. Com sorte! Para muita gente, nunca nem acontece. E também só se conhece alguém como Flint uma vez. – Ele afundou no travesseiro com um suspiro. – E eu fui amigo dele!

De repente, ele estendeu a mão para mim. Eu a peguei e apertei. Foi a primeira e última vez que nos tocamos.

– Veja bem, Daniel, eu não tenho do que reclamar.

Eu queria dizer mais alguma coisa. Mas, quando olhei para ele, já estava adormecido.

25 DE JANEIRO DE 1945

Passei os últimos dias largado no casebre, em desespero completo, triste, me culpando de mil jeitos diferentes. Tom e Floss tentaram conversar comigo, mas eu não quis. Tudo me parece inútil, agora que Tilly não está aqui.

Foi só hoje que consegui me recompor. Ainda sinto desespero, mas também sinto uma ravina de raiva. Fui até Flint, que estava lá fora com Murro.

– Me dá a pistola! – pedi.

Ele me olhou, totalmente chocado.

– Oi, Gerlo... você não acha que deveria...?

– Não. Cala a boca e me dá!

Praticamente arranquei a arma do bolso dele, e aí fui embora. Atravessei Ehrenfeld, descendo Venloer, em plena luz do dia. Não dei a mínima se seria visto por alguém indevido, ou se mais alguma coisa aconteceria comigo. Eu *queria* que alguma coisa acontecesse. Para ter uma desculpa.

Na altura do Stadtpark, dois homens da SS se aproximaram. Não os evitei, nem fugi, como normalmente faria, mas andei na direção deles com propósito, e me enfiei no meio. Empurrei um deles com tanta força que ele bateu contra a parede. E segui em frente.

Eles gritaram para eu parar e mostrar meus documentos. Eu me virei e disse que meus documentos não eram da conta deles. Ao falar, enfiei a mão no bolso, onde estava a arma. Eu estava determinado a atirar neles se fizessem um único movimento errado.

Alguma coisa deve tê-los impedido de me tratar como de costume. Eles hesitaram, e o que tinha ficado de pé cutucou o outro, que tinha tropeçado e caído contra a parede.

– Vamos nessa, deixa o cara – disse. – Não vale a pena. Daqui a pouco vão matar ele no front de qualquer jeito.

Eles riram e seguiram caminho. Eu fiquei tremendo de raiva, agarrado à pistola, mas foi só. Não a empunhei. Fiquei parado, esperando eles sumirem de vista, antes de finalmente dar meia-volta e continuar andando.

Em certo momento, cheguei a Appellhofplatz, sem nem perceber. Não andava por aqueles lados desde o ano passado, quando nos soltaram da EL-DE Haus. Ver o prédio de novo me causou calafrios. De início, considerei entrar, mas não tive coragem. Parei em um portão do outro lado da rua e vigiei a área.

Continuei ali por umas duas horas. O tempo todo, esperava que Hoegen, Barata ou um dos outros agressores saíssem. Eu definitivamente os odeio o suficiente, pensei. Definitivamente apertaria o gatilho. E eles definitivamente não fariam falta a ninguém.

Mas acho que fui amaldiçoado. Nenhum deles apareceu. Fazia um silêncio quase fantasmagórico na rua, como se eu fosse o último ser humano do mundo. Ou como se todos tivessem combinado que não cruzariam comigo. Quando escureceu, fui embora. Não consegui me livrar daquilo, daquela raiva.

De volta à casa, fui até Flint e deixei a pistola na mesa, na frente dele.

– Você tem um plano? – perguntei.

Ele pegou a arma e a guardou.

– Murro e eu tivemos umas ideias. Mas ainda estamos pensando.

– O que quer que seja – falei –, conte comigo. Vamos nessa.

12 DE FEVEREIRO DE 1945

A única coisa que ainda nos sustenta é a esperança de a guerra acabar logo. Mas é um jogo de espera horrível. Faz mais de três meses que os Aliados marcharam em Aachen. Aachen! Na época, achamos que teria acabado no inverno. Mas aí veio a Volkssturm, a guarda nacional, e tudo mais que vinha à cabeça do pessoal de alto escalão. Convocaram todo mundo nascido em 1928 para o front, e dizem que o pessoal de 1929 vai ser chamado logo. Tudo que tiver duas pernas vai ser usado de bucha de canhão, só para adiarem o fim por mais alguns meses.

A gente se perguntou se poderia fazer alguma coisa para encurtar a história. Tivemos todo tipo de ideia. A maioria era tão precipitada que desistimos na mesma hora. No fim, a ideia veio de Magrelo. A gente na verdade está sentado na fonte, disse ele, apontando lá para fora com os polegares. De início, não entendemos do que ele estava falando, mas aí notamos que ele se referia à ferrovia. Os trilhos carregam reforços para a Frente Ocidental, e notamos que certamente poderíamos fazer algo a respeito disso.

Ficamos fissurados na ideia, provavelmente em parte porque nos dava algo a fazer além de pensar constantemente em todas as merdas que tinham acontecido. Magrelo contou a ideia para Nadia e, certa noite, ela trouxe um dos Ostarbeiter escondido na área para falar conosco. Ele é ferroviário, contou ela, ou pelo menos era, antes de ser arrastado da Rússia para cá. O nome dele é Pavel, e ele poderia nos ajudar.

Explicamos para ele a ideia que tinha nos ocorrido. Ele se animou imediatamente, de tanto que odiava a guerra. Disse que podíamos contar com sua ajuda. Ele entendia de trens, e sabia como fazê-los descarrilhar. Não era difícil, só precisava das ferramentas certas. Flint disse que a gente cuidaria dessa parte. Perto da estação de carga ficava uma oficina da Reichsbahn, e certamente encontraríamos o necessário lá.

Três noites atrás, entramos na oficina e levamos Pavel. Não foi tão difícil. Descobrimos que ficam dois guardas armados lá à noite. Por sorte, Flint e Murro conseguiram agarrá-los antes de o alarme ser acionado. Murro os botou para dormir por um tempo. Aí entramos, pegamos as coisas necessárias o mais rápido possível e fomos embora.

Começamos o trabalho na noite seguinte. Foi no fim da estação de carga, onde as plataformas se unem e os trens entram no trilho. Pavel explicou o que precisávamos fazer: botar maxilas de travão, que tínhamos roubado da oficina, nos trilhos. Elas normalmente são usadas para frear os trens nos desvios, mas o truque é emperrá-los bem na mudança de via. Assim, o trem, em vez de frear, seria descarrilhado.

A gente se arrastou pela neve até a represa da ferrovia, e de início ficamos deitados lá, de olho em tudo. Como era noite de lua cheia, a visibilidade estava boa. Os trens passavam no lado oposto ao nosso. Alguns tinham vagões abertos, e dava para ver a carga: munição, armas, peças, equipamento bem pesado. Eles vibravam pela mudança de via e sumiam, um atrás do outro, na luz fraca.

Havia polícia ferroviária para todo lado, de olho na área. Era impossível chegar aos trilhos sem sermos vistos. Tivemos que esperar o aviso de bombardeio, como quando íamos roubar com Rupp e Korittke. Agora, bombardeiam a estação toda noite, quase dá para usar de relógio. Por isso, sabíamos que viria a hora.

Quando soaram as sirenes, os policiais se esconderam nos abrigos, como de costume. Esperamos as primeiras bombas caírem, e nos esgueiramos pelos trilhos. Estavam congelados e, carregando as maxilas de travão pesadas, mal conseguíamos nos equilibrar. Por sorte, chegamos sem acidente às linhas onde passavam os trens. Aí emperramos as maxilas de travão no ponto de mudança de via, como Pavel ensinara.

Tivemos que trabalhar rápido, porque os trens ainda passavam, apesar do bombardeio, a quase todo minuto. Pelo canto do olho, dava para ver que o próximo trem vinha na nossa direção. Acabamos quando faltava pouco mais de vinte ou trinta metros para ele nos atingir. No último segundo, pulamos para o lado e corremos pelo trilho. Atrás de nós, ouvimos um barulho de apito alto – a locomotiva descarrilhando. Veio em seguida o estrondo de vagões e, logo depois, uma explosão repentina atrás da outra. Não sei se eram bombas, a carga do trem, ou tudo de uma vez. Enfim, de repente tudo ficou tão claro que era ofuscante, e todo o tipo de destroço voava por lá. O barulho era apocalíptico, e a gente correu até não poder mais.

Fugimos da estação, atravessamos as ruas até onde não dava para avançar, e nos escondemos em umas ruínas. Furão tinha sido atingido por estilhaços no braço. Flint arrancou o fragmento, e enfaixamos a ferida como podíamos. Ninguém disse nada, ficamos em silêncio. Sabíamos que tivéramos sorte, e que a coisa poderia ter um resultado muito diferente.

Quando acabou o bombardeio, voltamos ao nosso terreno. Já tínhamos superado o primeiro choque e, quando contamos a Floss e Nadia como ocorrera – que o trem explodira atrás de nós e causara caos na estação –, só havia espaço para satisfação. Sentimos que pelo menos tínhamos retribuído um pouco. A sensação foi bem boa.

No entanto, ela não durou. A história da estação aconteceu há duas noites, e hoje pagamos o pato. Ou talvez as duas coisas nem estejam conectadas, talvez só tenha gente demais escondida nestes jardins agora. Talvez tenham capturado um ou dois, para serem torturado na EL-DE Haus, até entregarem o esconderijo. Quem sabe? Acho que nunca vamos descobrir.

Foi hoje de manhã, bem cedinho, quando ainda estava escuro. Uma tropa da Gestapo surgiu e revistou o lugar. Por sorte, Furão já estava lá fora, fazendo suas necessidades na encosta da ferrovia. Ele os viu, e nos avisou. Saímos de fininho do casebre e nos escondemos no mato perto da ferrovia. Os arbustos lá são espinhentos, mas mesmo assim nos embrenhamos. É melhor levar arranhão na cara do que tiro, pensamos.

A Gestapo revistou um casebre atrás do outro, e catou tudo que andava em duas pernas. Uns dois Ostarbeiter tentaram fugir, mas não conseguiram ir muito longe. Os soldados atiraram neles pelas costas, e os largaram lá. Enfiaram o restante no camburão e os levaram embora.

Magrelo e Nadia também foram pegos. Ultimamente, eles dormiam uma noite na nossa casa, e outra na de Nadia. Ontem à noite, fizemos piada quando eles foram para o outro casebre: eles não tinham casa? Deveriam se espelhar na gente, que é decente e acomodado! Agora, não estamos no clima de piada. Não pudemos fazer nada, tivemos que vê-los serem levados embora.

Não sei se os veremos de novo. Nem para onde iremos agora que o esconderijo foi descoberto. Quando saímos do mato, olhei bem nos olhos do Flint. Acho que nem ele tem a resposta.

23 DE FEVEREIRO DE 1945

Horst estava certo ao nos advertir a respeito da Gestapo. Ele disse que estavam se juntando em Colônia para fazer uma última limpa, e foi exatamente o que aconteceu. A cidade está cheia. Os soldados fugiram dos Aliados e parece que estão com sede de sangue, e que não sobrou ninguém para dar ordens neles, para controlá-los. Eles tomaram o controle, e está um reino de terror. Atiram nas pessoas em pleno dia, ou as enforcam e as deixam penduradas pelas ruas como aviso. E nem vale a pena pensar na quantidade de gente morrendo, miserável, nas câmaras de tortura.

Eu me pergunto o que se passa pela cabeça deles. Já devem saber que perderam a guerra, né? Quando chega o vento do oeste, dá para ouvir o front – o ruído chega cada dia mais perto. Talvez seja isso mesmo. Eles sabem que vão se ferrar, e querem carregar o máximo de gente junto. Pensar nisso me causa calafrios. Que tipo de gente é essa? De onde vem essa crueldade deles? Como eles ficaram assim?

Desde que nos expulsaram dos jardins, estamos completamente sem teto. Dormimos em um lugar diferente a cada noite, normalmente nos porões de casas destruídas pelos bombardeios. Em alguns casos ainda restaram armários e cômodas vazios e destruídos, os quais quebramos para usar de lenha e nos aquecer um pouco. Roubamos comida dos armazéns da cidade. É claro que são vigiados, mas damos um jeito – normalmente entramos pelos esgotos, ou pelos dutos de eletricidade... não somos exigentes.

Os cães abandonados que vagam por aí ficaram perigosos. Eles formaram matilhas, e são totalmente ferozes. É preciso tomar cuidado para não encontrá-los quando estamos desarmados, especialmente à noite. Tivemos alguns confrontos com eles, que tentaram roubar nossa comida. Não nos contemos quando lidamos com eles. Não é como se algo sobrasse por aqui.

Há umas duas noites, Flint e Murro foram invadir um armazém na periferia da cidade. Ouvimos falar que lá tinha o que roubar. Quando voltaram, tinham um carregamento bom. Melhor ainda, trouxeram um engradado cheio de carne enlatada. Fazia séculos que não comíamos nada tão bom. Caímos de boca que nem lobos.

Também trouxeram pão, gordura e linguiça, em quantidade suficiente para todos nós, para vários dias. Finalmente, tiraram uma última coisa das mochilas. Arregalamos os olhos ao ver: bananas de dinamite militares. Um pacote inteiro.

– Achamos tão atraentes, não conseguimos largá-las para trás – disse Flint. – Tinha mais também. Acho que querem explodir tudo quando os Aliados chegarem.

– O que é para a gente fazer com isso? – perguntou Furão. – Querem explodir todos os cachorros quando eles vierem nos roubar?

Flint sorriu.

– Por aí. Só não os cachorros que você mencionou.

Todo mundo entendeu ao que ele se referia. Ele esperou um momento e olhou para mim e para Tom.

– Eu falei, Gerlo. Falei para você também, Tom. O dia do nosso acerto de contas vai chegar. E vai mesmo. Diferente das criancices que fizemos até agora.

Fez-se silêncio por um tempo. Finalmente, Tom perguntou:

– EL-DE Haus?

Flint assentiu com a cabeça, e explicou o que estava planejando. A gente deveria se esgueirar até a EL-DE Haus sob o manto da noite, acender a dinamite e jogar bem nas janelas.

– Quando explodirem, talvez uns PMs explodam junto – disse ele. – Os outros vão entrar em pânico e sair correndo. Aí a gente se esconde do outro lado da rua e acaba com eles, um por um. Depois, a gente entra, desce até o porão, arromba as celas, libera todo mundo. E então é só fugir.

Ele listou tudo tranquilamente, e soava simples. Mas a gente sabia que não era. Não era nada simples, e, se desse errado, seria sorte qualquer um de nós sobreviver.

Todo mundo se calou de novo. Finalmente, eu disse para Flint que ele podia contar comigo. Eu tinha prometido: o que quer que ele planejasse, eu estaria dentro. E eu *queria* estar lá. Meu ódio ainda era intenso.

Quando Tom ouviu isso, também topou, mas não sei se ele estava mesmo convencido. Talvez ele não quisesse me deixar ir sozinho. Furão fez o mesmo. Foi quem mais hesitou, mas, no fim, concordou.

Então ontem estávamos em cinco. A noite era fria, congelante e estrelada, e tomamos um caminho indireto para Appellhofplatz. Não encontramos ninguém, estava tudo deserto. Quando chegamos, nos escondemos atrás de um monte de entulho do outro lado da rua, na frente da EL-DE Haus, de onde víamos a entrada e as janelas.

As luzes estavam acesas em várias das salas do primeiro e do segundo andar. Cerramos os punhos, porque sabíamos o que acontecia lá.

Levávamos a dinamite na mochila. Amarramos as bananas em tijolos, para garantir que as janelas se quebrassem ao jogarmos. Flint tinha dividido as bananas, e todo mundo tinha escolhido a própria janela para tacar. Aí acendemos a mecha com os isqueiros militares que roubamos. No minuto em que estava tudo aceso, pulamos, atravessamos a rua correndo e jogamos os explosivos.

Quando as janelas estouraram, já estávamos de volta, nos escondendo atrás do entulho. Flint e Murro estavam com as pistolas na mão, apontando para a porta. Aí, esperamos a explosão... mas nada aconteceu. Não sei se a dinamite tinha molhado, se a qualidade era ruim, ou se a gente tinha feito besteira. De qualquer forma, nenhuma explodiu.

Em vez disso, as luzes foram acesas em todas as salas. Gritaram ordens lá dentro, e começaram a atirar na gente pelas janelas dos andares superiores. Flint e Murro atiraram de volta, e o restante de nós ficou escondido. As balas iam voando ao nosso redor, e foi piorando a cada segundo. Flint e Murro precisaram se proteger também, até que a Gestapo saiu e começou a atirar da entrada.

Não tivemos outra opção além de fugir. Flint deu o sinal, e ele e Murro soltaram mais uma leva de tiros enquanto a gente saía correndo. A Gestapo nos perseguiu, atirando. Fomos ziguezagueando pelas ruas, nos esquivando para um lado e para o outro, mas não conseguíamos nos livrar deles. Sempre que acreditávamos estar a salvo, mais um grupo surgia de outro lado, e a situação continuava.

Acabamos cercados por todos os lados, e conseguimos por pouco nos enfiar nos escombros de uma casa bombardeada. Só que ficamos presos lá, sem poder avançar nem recuar. Pegos numa armadilha, obrigados a ver os homens da Gestapo se juntarem lá fora.

– Tom, vê se arranja uma saída – disse Flint. – Precisamos escapar antes de eles fecharem a área toda. Melhor levar Furão também.

Gerlo precisa ficar aqui para recarregar as armas.

Tom e Furão se foram. Vimos eles sumirem nos escombros, e tivemos que tentar nos livrar da Gestapo. Flint e Murro atiravam em tudo que se mexia na rua, mas não dava para impedi-los de se aproximar. Eles tinham submetralhadoras e, a longo prazo, não tínhamos a menor chance.

Pareceu levar uma vida para Tom e Furão ressurgirem, mas eles vinham com boas notícias: achavam ter encontrado uma rota de fuga.

– Pelo porão – sussurrou Tom. – Se formos ágeis, conseguiremos. Venham, vamos lá!

Ele foi engatinhando com Furão, e eu fui atrás. Até que notamos que Flint e Murro não estavam com a gente. Demos meia-volta: eles ainda estavam lá deitados, sem tentar vir conosco.

– Flint! – chamou Tom. – A gente precisa ir!

Flint fez um gesto de desdém.

– Vão sem mim – disse ele. – Vou segurar eles mais um pouco.

– Que loucura, cara! Você não vai conseguir sozinho.

– Pode até ser loucura. Mas não aguento mais, Tom. Não vou mais fugir.

Tentamos convencê-lo a vir conosco, mas não adiantava.

– Sou seu capitão ou não sou? – perguntou ele.

– É, mas...

– E por acaso já dei uma ordem?

– Não, porra.

– Bom, então, tenho direito a uma ordem. E é essa: deem no pé!

Ele se virou de novo e atirou nas sombras daqueles que avançavam pelos escombros. Dava para vê-los pularem as pedras e se esconderem. Não estavam longe. Flint atirou umas duas vezes, e se virou para Murro.

– Isso vale para você também, cara! – disse ele. – Vaza!

Murro sacudiu a cabeça em recusa.

– Não, Flint. Não vou sem você. E não adianta me mandar.

Flint o olhou, e não dava para descrever a expressão. Finalmente, ele pegou a pistola de Murro, recarregou, e devolveu.

– Saiam logo daqui! – ordenou ele. – A gente cobre a fuga.

O que a gente podia fazer? As sombras estavam se aproximando, não restava tempo. Tom falou para Flint e Murro virem atrás da gente assim que fosse possível. E nós fomos.

Quase no minuto em que saímos, os dois voltaram a atirar. Fomos correndo. Tom nos conduziu pelos escombros, em zigue-zague. Por sorte, ele reconheceu o caminho no escuro, que levava às escadas que desciam. Estavam meio enterradas, mas havia uma fenda pela qual podíamos nos enfiar. Tinha que ser por ali, a rota que eles tinham encontrado.

Paramos e olhamos para trás. Ainda dava para ver os lampejos dos tiros de Flint e Murro, e escutar o estouro das armas. Mas o som das metralhadoras era ainda mais barulhento. Vimos a Gestapo pular pelos escombros e se aproximar. Até que as pistolas de repente silenciaram, provavelmente sem munição. Um monte de sombras surgiu. As metralhadoras retiniram, e vimos os lampejos. Aí, fez-se silêncio. Um silêncio horrível.

Fiquei atordoado, sem conseguir pensar. Tom me puxou. Descemos pela fresta até o porão. Furão ligou a lanterna. Era só devastação para todo lado, o ambiente estava em parte desmoronado, mas tinha um buraco na parede pelo qual podíamos passar para o porão seguinte, e daí em diante. Agora tem buracos para todo o lado. As pessoas os abrem para fugir, caso o prédio seja bombardeado. Fomos de um porão a outro, até não dar mais. Dali, subimos, arrombamos uma porta dos fundos e saímos no quintal em uma rua completamente diferente. Foi assim que fugimos antes de fecharem a área.

Ainda não assimilamos bem o que aconteceu. Passei o dia todo hoje esperando que Flint e Murro virassem a esquina e nos encontrassem. Alguém como Flint não se deixaria ser morto assim, pensei. Outra pessoa, sim; mas ele, não! Ninguém conseguiria enfrentá-lo!

Mas é claro que eles não vieram. E nunca virão. A gente se agrupou e, de certa forma, soube que era o fim. Sem Flint e Murro, "nós" não existimos mais. Já era.

Os melhores sempre morrem cedo, disse Tom. É por isso que o mundo é tão horrível. Acho que ele está certo. Precisava acabar assim. Nada mais era possível. É o único fim adequado para gente que nem o Flint e o Murro.

Tentei pensar em Flint velho, relembrando nosso tempo com ele. Precisei gargalhar. Nem dá para imaginar!

1 DE MARÇO DE 1945

Os Piratas de Edelweiss acabaram. Nosso capitão morreu! Não restou ninguém para conduzir o navio. Tom, Floss, Furão e eu: somos só quatro pessoas dando um jeito de sobreviver. Só isso – não resta mais nada.

Dois dias atrás, Furão disse que conhecia um lugar no qual podíamos nos enfiar por um tempo. Ele tinha ido visitar a mãe, e ela contara que tem uma igreja, ao sul da cidade, que fora destruída no ano passado, mas que, embaixo dela, fica uma cripta onde o padre está abrigando judeus e desertores, além de outras pessoas fugindo dos nazistas. Ela sabia como entrar em contato com ele.

Não perdemos tempo, fomos logo ver o padre. Quando ouviu nossa história, ele não queria acreditar. Olhou em nossos olhos por um tempão, um depois do outro. Por fim, não perguntou mais nada e nos acolheu.

A cripta da igreja é nossa casa há três dias. Tem umas duas dúzias de pessoas escondidas aqui, e muitas não veem a luz do dia há meses. Algumas nem falam, de tantas coisas horríveis que viveram.

O padre e umas duas mulheres da paróquia cuidam delas, dão comida e garantem que ninguém passe do limite.

Furão sempre teve certo interesse na igreja. Ele nunca falou muito disso, provavelmente por vergonha, mas também nunca negou. O restante de nós não liga tanto para religião e tal. Tudo o que aconteceu torna um pouco difícil a crença em um Deus do amor. Mas esse padre e as mulheres que o ajudam são bem decentes. Eles fariam qualquer coisa pelo pessoal daqui. Acho que, se este esconderijo fosse descoberto, eles protegeriam todo mundo com o corpo, levariam todos os tiros, se achassem que poderiam nos salvar assim. Faz bem ver uma coisa dessas. E aí não faz diferença se o cara lá do alto existe mesmo ou não.

Em troca da permissão para nos meter na cripta, a gente trabalha de noite para arranjar comida para todos. Afinal, temos experiência, e ninguém nos supera. O padre fica feliz por darmos uma mão nesse sentido. Ele diz que roubar pode até ser pecado, mas, nesse caso, é um pecado bom. A gente só não pode contar exatamente o que faz, porque ele não quer saber.

E também já arranjamos outro trabalho. Uns dois dias atrás, um menininho foi resgatado por uma das mulheres. Ela diz que o menino estava vagando pelas ruas, atordoado, depois de um bombardeio. A família dele provavelmente morreu, e ele está sozinho. O padre perguntou se poderíamos cuidar dele. Disse que não tinha mais ninguém para ajudar agora, e que só seria por um tempinho, até acharem uma solução melhor.

Floss aceitou na mesma hora, e o restante de nós não recusou. O menino é meio doido e não fala muito – nem sabemos o nome dele –, mas temos certeza de que ele vai ser um garotinho muito legal quando melhorar. E é bom tê-lo aqui. As coisas parecem ter mais sentido com ele. Agora, alguma coisa vale a pena. Mesmo que seja pouco.

6 DE MARÇO DE 1945

De repente, acabou – a guerra. Os Aliados estavam vindo cada vez mais perto, e agora chegaram. O exército fugiu pelo Reno, e não há mais sinal da Gestapo, nem da SS. Do dia para a noite, explodiram as poucas pontes ainda de pé, para ninguém conseguir segui-los. Agora sumiram.

Quase na mesma hora que soubemos, saímos da cripta e andamos pelas ruas. O que vimos foi surreal. Por todo lado, pessoas saíam se arrastando dos escombros e dos porões, parecendo fantasmas. Cinzentas, de rosto fundo, olhos afundados. A maioria ficava parada, olhando para o céu. Como se não acreditassem que ainda estavam vivas e que mais nada de ruim cairia do céu.

Corremos para Ehrenfeld. Tanques estadunidenses entravam na cidade por Venloer, abertos, com os soldados sentados em cima, de braços tranquilamente apoiados nas armas. Quando nos viram na calçada, fizeram uma expressão desconfiada. Não é surpresa, depois das semanas que passaram tendo que enfrentar gente da JH com aquelas armas Panzerfausts. Fiquei meio incerto. Se ao menos Flint estivesse aqui, pensei. Ele saberia o que fazer. Saberia como agir nesse caso!

Ficamos ali à toa por um tempo, vendo a coluna de tanques. Foi um desfile comprido e incessante, e, de repente, tudo me pareceu meio absurdo. Fazia tanto tempo que eu esperava por esse dia. O dia de tudo acabar, de estarmos finalmente livres, de podermos respirar tranquilamente. Mas, agora que chegou, me senti desamparado. Olhei para os outros, e notei que sentiam o mesmo. O que a gente faz agora? Qual é o nosso lugar? Quem somos, na verdade?

Eu me pergunto se alguém terá interesse no que fizemos. Será que alguém vai querer saber? Ou foi tudo em vão? Já parou de ser importante?

Hoje é meu aniversário de 18 anos. Nem pensei nisso o dia todo. Acabei de lembrar.

O sr. Gerlach morreu antes de o inverno acabar. Era tarde da noite, a enfermeira disse, quase amanhecer. A dor parou. Ele simplesmente pegou no sono, e não acordou mais.

No dia depois do enterro, eu o visitei no cemitério. Primeiro, fui ao túmulo do meu avô e me lembrei de quando vi o sr. Gerlach pela primeira vez. Ele estivera logo ali, no túmulo do irmão. O túmulo dele ficava bem ao lado. Fui até lá e olhei: "Josef Gerlach", dizia a lápide. E, logo abaixo: "06/03/1927 – 21/11/2012".

Eu já sabia por que tinha prestado tanta atenção em mim naquele dia. Ele deixou uma carta para me explicar. O menininho de quem ele e os outros tinham cuidado no fim da guerra era meu avô. Depois daqueles dias juntos, o menino foi para uma família adotiva, e nunca mais viu os Piratas de Edelweiss. Talvez fosse essa a história que queria me contar antes de morrer.

O sr. Gerlach nunca esquecera o menino, e o acompanhara à distância, discretamente, como era de seu feitio. Foi assim que soube da morte dele, tantas décadas depois. E, como meu avô foi enterrado perto de seu irmão no cemitério de Ehrenfeld, ele me vira e adivinhara que eu era o neto da criança de quem ele cuidara. Foi assim que tudo começou – e acabou, no mesmo lugar.

Com a neve caindo, fiquei ali me lembrando de coisas que o sr. Gerlach escrevera no diário. Uma ideia em particular não saía na minha cabeça. Uma coisa que ele dissera para Tilly, na noite antes da morte dela: que gente como eles precisava só de ar para respirar, um caminho para andar, e uma música para cantar. Não sei por que, mas essa frase ficou na minha cabeça desde que eu a li pela primeira vez. Talvez eu devesse considerá-la literalmente, pensei. A única questão era encontrar a música certa.

A neve começou a cair com mais força. Cobri a cabeça com o capuz e me agachei diante do túmulo.

– Por ser tão precioso – disse, e não consegui conter o sorriso.

Lá estava eu, fazendo exatamente a coisa que achara tão esquisita nele: falando, mesmo sem ninguém estar por perto.

– Lembra? – continuei. – Prometi contar ao senhor quando acabasse. O motivo de estar lendo tão devagar. É essa a razão: por ser tão precioso.

No dia anterior, eu fui pela última vez ao apartamento dele, para buscar os passarinhos, porque queria cumprir a promessa de cuidar deles. Também peguei a caixinha de música. Parecia uma boa ideia deixá-la no túmulo. Achei que ele gostaria.

Procurando um bom lugar, notei que havia flores brancas dispostas na sepultura. Pareciam frescas, como se tivessem sido deixadas havia pouco. Será que alguém já fora lá naquele dia? Eu me levantei e olhei ao redor. Foi então que vi, um pouco distante, sob as árvores, a silhueta que vira antes no jardim da pensão.

Quando viu que eu a observava, ela deu meia-volta e se foi, apressada. No entanto, antes de chegar ao fim do cemitério, e desaparecer de vista, ela parou uma última vez. Quando se virou, vi seu rosto. Era uma mulher idosa. Ela era pequena e, mesmo tão distante, através da neve, identifiquei o lábio leporino.

Ela hesitou, e por fim se virou e foi embora. Meu primeiro instinto foi ir atrás dela. Não o fiz.

Apenas a observei. E a deixei partir.

21 DE MAIO DE 1945

Os piores invernos são seguidos pelas mais belas primaveras. Este ano, foi assim. Dias sem nuvem no céu. O céu tão azul que arde nos olhos.

É a Festa do Divino Espírito Santo, por isso viajamos ao Felsensee. Com o menino de quem estamos cuidando. Não tem ninguém aqui além de nós. Estamos sozinhos. É uma atmosfera estranha, quase irreal. Parece que o tempo congelou, ou que caímos em outro mundo. Nenhuma bomba caiu no lago, nenhuma bota de soldado tocou a costa. Parece que a guerra nunca aconteceu, que tudo de terrível ocorrido em outros lugares foi apenas um sonho de outra vida.

A situação se arrastou por quase dois meses depois de Colônia ser libertada. Centenas de milhares marcharam para a morte. Totalmente à toa, em vão. No fim, meninos mais novos do que a gente tiveram que defender Berlim. Morreram como moscas, pelo que dizem. Quando tudo estava perdido, Hitler se matou. Então, o exército se entregou. *Só então.* Porque, antes, ninguém tinha coragem.

Isso faz duas semanas. Agora estamos sentados ao ar quente da primavera. Estou aqui no penhasco, escrevendo no diário. Dei um jeito de mantê-lo em segurança esse tempo todo, e está quase cheio. Tom e Floss estão com o menino na água, vejo daqui. Furão está dando uma volta, porque quer ver se encontra alguma coisa da época em que fazíamos as reuniões aqui.

Sempre que me lembro dessa época, me pego pensando nos outros. Os que não estão mais aqui. Vejo eles ao meu redor. Magrelo, que nos ensinou tanto. Goethe e suas músicas. Maja, sempre tão triste. Murro, que não se abalava por nada. Flint, nosso capitão, que tanto admirávamos. E Tilly!

Às vezes, por um momento, é como nos velhos tempos. Até que tudo ganha vida. Vejo todo mundo de roupas de pirata, os ouço rir e cantar, sinto o cheiro da fogueira e sinto o sol, a água e o suor na pele. Por um momento, lá está de novo – a sensação indescritível daqueles dias.

Mas nunca dura muito; passa, e tudo desaparece. Não há ninguém aqui além de nós, e faz silêncio. Só se ouve os pássaros, e o menino lá na orla. Ele voltou a falar, e às vezes tagarela sozinho, como se precisasse se atualizar de tudo que perdeu nas últimas semanas. Ele não vai ficar muito mais tempo com a gente, porque vai ser adotado por uma das mulheres da paróquia. Tudo bem. Ela vai cuidar melhor dele do que a gente.

Mas um nome... isso a gente deveria escolher. Ele não lembra o nome antigo, sabe? Ou não quer lembrar. Acabei de ter uma ideia. Tenho pensado naquele livro, sobre Robinson Crusoé, que ficou abandonado em uma ilha deserta. Às vezes, era assim que o Felsensee nos parecia, como piratas naufragados em uma ilha deserta. E o menino também perdeu o barco. Então que tal batizá-lo a partir disso? Mas Robinson não é um bom nome – todo mundo ia zoar. Podemos dar a ele o nome do autor do livro, que se chamava Daniel. É, por que não? Vou sugerir para os outros.

Furão acabou de voltar da caminhada ao redor do lago. É quase hora de ir para casa. Não falamos muito do assunto; acho que estamos aqui para uma espécie de despedida. Acho que nunca mais voltaremos. É melhor não bagunçar a memória.

Ficaremos mais alguns minutos, e aí teremos que ir. Para ser sincero, tenho medo disso. Os anos que deixamos para trás foram horrendos – mas, ainda assim, incrivelmente bons. Nunca os recuperaremos, e, no momento que deixarmos o lago, eles estarão encerrados para sempre.

Porque foi aqui. Aqui, neste lugar, que encontramos. Na forma mais pura e nobre que só vemos nos momentos mais sombrios:

Nossa liberdade.

Posfácio

Esses jovens, de 12-17 anos, vagabundeiam por aqui até tarde da noite, com instrumentos musicais e jovens mulheres. [...] Desconfia-se que sejam esses jovens quem escrevem "Abaixo Hitler", "A OKW [Alto Comando das Forças Armadas] é mentirosa", "Medalhas e condecorações por chacina desenfreada", "Abaixo o Monstro Nazista" etc. Essas inscrições podem ser removidas à vontade, mas, dentro de alguns dias, os muros estão pintados de novo. [...] Apesar de os jovens saberem que é proibido vaguear no Ostpark à noite, constantemente reaparecem, e fazem isso consistentemente no fim de semana. Além do incômodo noturno, eles demonstram comportamento provocativo. Os residentes da área reclamam disso, com razão. É crucial agir a respeito, e peço que medidas adequadas sejam tomadas contra essa ralé.

Foi esse o "chamado de socorro" que o *Ortsgruppenleiter* nazista de Düsseldorf-Grafenberg enviou à Gestapo, exigindo repressão mais dura contra os jovens opostos ao regime, que incluíam o movimento dos "Piratas de Edelweiss". Esses grupos de jovens eram muito difundidos nas cidades na área do Reno e do Ruhr durante a Segunda Guerra Mundial; a maior quantidade ficava em Colônia, mas também eram encontrados em Düsseldorf, Wuppertal, Essen, Dortmund, Duisburg, e várias outras cidades. A Juventude Hitlerista (*Hitlerjugend*, JH), a SS e a Gestapo estavam em batalha constante contra eles, mas nunca os controlaram completamente. Podemos apenas estimar a quantidade total de adolescentes no movimento, mas, perto do fim da guerra, certamente somavam-se vários milhares.

Isso significa que os personagens deste livro – os jovens amigos de Gerlo e Flint – foram inventados, mas só até certo ponto, pois são semelhantes aos Piratas de Edelweiss "de verdade". O mesmo vale para suas experiências, que foram baseadas no que antigos membros do movimento escreveram em suas memórias, às vezes décadas depois, e descreveram em conversas. As dificuldades sofridas por adolescentes de classe operária na JH, as reuniões secretas nos parques, como o Volksgarten, de Colônia, os passeios de fim de semana no campo e no Felsensee, as batalhas com a JH, a perseguição das patrulhas da JH, as frases de efeito que pintavam nas paredes, os panfletos que distribuíam, os interrogatórios e a tortura da Gestapo, inclusive por Hoegen e Kütter na EL-DE Haus, a clandestinidade e o fato de serem considerados "ilegais", e finalmente os ataques cometidos com armas de fogo e dinamite – tudo isso foi descrito por antigos Piratas de Edelweiss em autobiografias. Além disso, usei uma variedade de outras fontes para o livro, incluindo bibliografia acadêmica, material de arquivo, diários da época e artigos de jornal.

A história dos Piratas de Edelweiss, contudo, não acabou em 1945. Apesar de as gangues em geral se separarem após o fim da guerra, e não terem mais papel importante, a forma como foram tratadas ilumina a compreensão da história na República Federativa da Alemanha[1], e como ela mudou. Dos anos 1970 até os 1980, a perspectiva principal era a de que os Piratas de Edelweiss não eram um grupo de oposição, muito menos de resistência, e sim meros criminosos e encrenqueiros adolescentes. O pedido de reparação feito pela família de Bartholomäus Schink nos serve como claro exemplo disso.

"Barthel", como era conhecido pelos amigos, tinha apenas 16 anos quando foi enforcado em praça pública no dia 10 de novembro de 1944, em Hüttenstrasse, perto da estação de Ehrenfeld, junto com cinco outros Piratas de Edelweiss que tinham

---

[1] Esse era o nome formal da Alemanha Ocidental antes da reunificação de 1990 e da configuração da Alemanha atual. O ensino de história e o reconhecimento do passado nazista ocorreram de forma muito diferente na antiga Alemanha Oriental comunista.

se escondido na clandestinidade após serem perseguidos pela Gestapo.

Em 1954, a mãe dele apelou ao presidente do governo regional de Colônia para que recohecesse seu filho como vítima de perseguição política. Em 1962, as autoridades rejeitaram o pedido, alegando que os Piratas de Edelweiss tinham sido apenas um "bando criminoso". Essa análise foi baseada em testemunhos prestados pelos ex-oficiais da Gestapo, Hirschfeld e Hoegen, sem dar importância a declarações de Piratas de Edelweiss sobreviventes.

Apenas em 1978 a reputação dos Piratas de Edelweiss começou a ser reabilitada, quando um artigo na revista *Monitor* indicou que Bartholomäus Schink ainda era registrado em documentos da justiça como "criminoso". A isso se seguiu uma iniciativa civil em Ehrenfeld para corrigir esse fato. Músicas e peças foram escritas, e os primeiros trabalhos acadêmicos a respeito dos Piratas de Edelweiss, publicados.

Em 1984, Albert Klütsch, membro do parlamento estadual da Renânia do Norte-Vestfália e representante do Partido Social-Democrata (SPD), entrou com o processo de reconhecimento oficial dos Piratas de Edelweiss como combatentes da resistência. O então ministro do Interior, Herbert Schnoor, encomendou um relatório do historiador Peter Hüttenberger. Bernd Rusinek, orientando de PhD de Hüttenberger, publicou o estudo em 1988, chegando à conclusão de que, apesar de os Piratas de Edelweiss não terem sido criminosos, também não eram "genuínos" combatentes da resistência. Muitos dos antigos Piratas de Edelweiss, que tinham sobrevivido à guerra e à perseguição do regime nazista, consideraram essa análise uma discriminação.

Então, como devemos de fato considerar os Piratas de Edelweiss? Está claro que eles não tinham uma visão política completa como a dos conspiradores do 20 de julho; não eram intelectuais como os membros da Rosa Branca; não eram politicamente organizados como os membros da resistência comunista; tampouco tinham a autoridade moral de Dietrich Bonhoeffer ou de Cardinal von Galen. Mas como se pode exigir isso deles? Eram apenas adolescentes de classe operária, a maioria de famílias desestruturadas, com precisamente oito anos de educação obrigatória para trás, que foram jogados nas engrenagens da economia de guerra aos meros catorze anos. Onde deveriam ter desenvolvido consciência política complexa? Não tinham nada além de senso comum firme, e uma noção elementar de bem e mal, certo e errado.

Como resultado, a maioria deles não começou como combatentes políticos da resistência. Eles queriam apenas liberdade, não gostavam de receber ordens, desejavam ter poder de decisão sobre a própria vida e fazer o que quisessem. De início, não se rebelavam contra os nazistas em si, mas contra todas as autoridades que sentiam oprimi-los e contê-los. No entanto, isso os forçou a entrar em conflito com as instituições do governo nazista. Foi nesse ponto que a maioria deles desenvolveu consciência política. Eles reconheceram a injustiça que os cercava, e se voltaram contra ela.

Note que isso não se aplica a todos eles: não existem "os" Piratas de Edelweiss. Em vez de uma organização de estrutura clara, constituição e manifesto, este era um movimento de várias centenas de grupos pequenos e locais, cada um desenvolvido a seu próprio modo. Alguns nunca se voltaram para a resistência política, e se ativeram à fase apática de rebelião juvenil. Da mesma forma, após a guerra, alguns deles se opunham às instituições das forças que os ocuparam com a mesma intensidade que se opuseram à autoridade nazista.

Contudo, ao longo do tempo, outros – que são o tema deste livro – desenvolveram uma consciência política que não era alimentada por considerações teóricas, e sim por experiência prática. Eles entenderam a natureza injusta do nazismo e, daí em diante, foram além de uma mera desobediência e rejeição da autoridade. Pense nas ações que os autores previamente mencionados descrevem em suas memórias. Ou no panfleto escrito por Piratas de Edelweiss de Wuppertal em setembro de 1942, que levou ao primeiro grande ataque ao movimento. Após a manchete "À juventude escravizada da Alemanha", vinha o poema: "Logo virá o dia, de sermos novamente livres. De partirem as algemas. De não esconder mais, as canções que dentro cantais." O texto continuava: "Juventude alemã, erga-se e lute pela liberdade e pelos direitos dos seus filhos, e dos filhos de seus filhos. Porque, se Hitler vencer a guerra, a Europa entrará em caos, o mundo será escravizado até o Juízo Final. Acabe com esta escravidão antes que seja tarde. Que nos libertem!". Pode haver alguma dúvida de que isso é resistência política?

O relatório de Rusinek continha a crítica de que campanhas desse tipo não eram conduzidas pelos próprios adolescentes, que teriam sido forçados a fazê-las pelas circunstâncias. Mas os conspiradores do dia 20 de julho também não foram "forçados" a agir pelas realidades com que se deparavam? O mesmo não pode ser dito a respeito da Rosa Branca? Além do mais, os próprios nazistas nunca tiveram dúvida quanto ao verdadeiro aspecto dos Piratas de Edelweiss: a Gestapo se preocupava com eles desde o início e, mais tarde, era principalmente quem tratava deles – em Colônia, chegaram até a criar uma força-tarefa especial com esse fim. E sabe-se amplamente que a Gestapo era responsável por lidar com inimigos políticos, e não com criminosos comuns.

Então, por que os Piratas de Edelweiss foram difamados e chamados de criminosos por décadas? Talvez não se quisesse aceitar que uma "gangue" de adolescentes poderia ter se oposto aos nazistas com tanta coragem porque as outras pessoas não tinham ousado fazer o mesmo. Além do mais, adolescentes desobedientes, vindos da classe operária, não se encaixavam à imagem que se tinha da resistência. A resistência sempre foi vista como oriunda da elite. Negava-se a mera possibilidade de uma resistência vinda "de baixo", de pessoas comuns. Afinal, o que isso diria a respeito da maioria silenciosa que sempre nadou com a maré?

Depois de 1945, todos se depararam com a realidade do regime nazista e de seus crimes, e precisou explicar tal realidade, e seu próprio envolvimento – principalmente para si. Por isso, era mais fácil dizer: não sabíamos de nada, não poderíamos ter feito nada. As pessoas repetiram tanto isso que começaram a acreditar. Os Piratas de Edelweiss interferiram com essa capacidade de se tranquilizar, de alegar inocência. A população se recusava a acreditar neles. Não queria admitir que gente como eles poderia ter existido. Facilitava a própria vida ao degradá-los, considerá-los marginais, vândalos e delinquentes. Afinal, eram apenas *Krade* – escória.

Foi só em 1980 que uma imagem com mais nuances começou a se revelar. Pela primeira vez, houve reconhecimento de que não foram só membros da nobre elite que lutaram contra o nazismo, mas que ocorreram atos de resistência na população geral. A maioria desses atos nunca foi conhecida, nem nunca será. No entanto, seu valor moral não é menor do que os dos conspiradores do 20 de julho ou da Rosa Branca. O que mostram claramente é o seguinte: as pessoas *poderiam* saber das coisas, se abrissem os olhos; e *poderiam* fazer alguma coisa, se tivessem coragem.

A justiça oficial quanto aos Piratas de Edelweiss chegou na virada do milênio. Em 9 de novembro de 2003, uma placa de homenagem aos Piratas de Edelweiss executados foi inaugurada em Ehrenfeld, na parte de Hüttenstrasse que agora é chamada de Bartholomäus-Schink-Strasse. E, no dia 16 de junho de 2005, sessenta anos após o fim da guerra, Jürgen Roters, presidente do governo regional de Colônia, oficialmente reconheceu os Piratas de Edelweiss de Ehrenfeld como combatentes da resistência, em uma cerimônia no prédio do governo distrital.

Podem ter começado como manifestação de uma teimosia juvenil quase inofensiva, mas os Piratas de Edelweiss tiveram a coragem e a decência de se manifestarem contra um regime injusto, e não foram tirados dessa missão nem pela perseguição violenta. Foram partes de uma outra e melhor Alemanha. Não devemos parar de contar suas histórias.

Glossário

Blockleiter: Vigias de quarteirão, oficiais nazistas de baixo escalão cujo trabalho era supervisionar os bairros e delatar comportamentos suspeitos às autoridades.

Camisas-pardas (SA): Membros da SA (sigla de *Sturmabteilung*, "divisão de ataque") conhecidos como camisas-pardas por causa da cor do uniforme. Foi um grupo paramilitar violento formado em 1921. Os camisas-pardas foram importantes na ascensão de Hitler ao poder, mas perderam influência gradualmente, e foram superados pela SS depois de 1934.

Cardinal von Galen: Bispo católico apostólico romano de Münster de 1933, que protestou contra certas políticas nazistas, acusou a Gestapo e criticou a perseguição da igreja. Foi posto em prisão domiciliar em 1941.

"Chamar de Meier": Em um discurso feito à aeronáutica alemã em setembro de 1939, Hermann Göring disse: "Nenhum bombardeiro inimigo pode chegar ao Ruhr. Se algum chegar ao Ruhr, eu não me chamo Göring. Podem me chamar de Meier". Como observa o jovem Gerlach, as pessoas começaram mesmo a chamá-lo de Meier, e as sirenes de bombardeio às vezes eram chamadas de "Trompetes de Meier".

Conspiradores de 20 de julho: Líderes do complô para matar Hitler no dia 20 de julho de 1944, liderados pelo coronel Claus von Stauffenberg.

Dietrich Bonhoeffer: Pastor e teólogo luterano. Foi um importante opositor aos nazistas desde o início, e esteve envolvido no estabelecimento da Igreja Confessante, uma igreja protestante oposta à igreja protestante oficial do Reich, que era nazista. Foi executado em 1945.

EL-DE Haus: Quartel-general da Gestapo em Colônia. Originalmente pertencia a um joalheiro, Leopold Dahmen, e o nome veio de suas iniciais. Hoje é um museu e memorial, o Centro de Documentação Nacional-Socialista.

Führer: Título adotado por Hitler como líder do partido nazista em 1921. Significa "líder". Quando Hitler subiu ao poder na Alemanha, ocupava o posto de chanceler, enquanto Hindenburg continuava como presidente. Após a morte de Hindenburg, os cargos de chanceler e presidente foram unificados, e Hitler tomou o título de *Führer und Reichskanzler* antes de abandonar a chancelaria. Muitos outros cargos nas organizações políticas, militares e paramilitares também incluíam o termo.

Gestapo: Polícia secreta oficial, apelido de *Geheime Staatspolizei* (Polícia Secreta do Estado). Foi responsável pela repressão de oponentes do regime nazista e teve enorme envolvimento no Holocausto. Era temida devido aos métodos violentos e ao fato de seus membros andarem à paisana.

Grohé: Josef Grohé foi um membro sênior do partido nazista. Ele foi *Gauleiter* (líder regional do partido) da área de Colônia-Aachen, e se tornou *Reichskommissar* (Comissário do Reich) da Bélgica e do norte da França em 1944.

"Heil Hitler!" ("Ave, Hitler!"): O cumprimento obrigatório na Alemanha nazista. "Heil" também pode significar "curar", por isso, quando os Piratas de Edelweiss queriam chocar alguém em vez de usar o cumprimento oficial, respondiam com: "Não, vai você curar!".

Jungstammführer: A Juventude Hitlerista e a *Jungvolk* tinham hierarquias semelhantes às de outras organizações nazistas. Um *Jungstammführer* era um jovem adulto encarregado de um grupo de companhias na *Jungvolk*.

Jungvolk: A seção da Juventude Hitlerista para crianças menores. *Jungvolk* significa "Gente Jovem", ou "Pessoas Jovens", e os recrutas eram chamados de *Pimpfen*, gíria para menino, ou pestinha. Eles faziam atividades como acampamento, esportes e trilhas, mas também havia treinamento militar e doutrinação política.

Juventude Hitlerista: A *Hitlerjugend* (JH) era a única organização jovem permitida na Alemanha nazista. Crianças eram obrigadas a entrar na organização no dia 20 de abril (aniversário de Hitler) no ano em que completavam 10 anos. Meninos de 10 a 14 anos participavam da *Jungvolk* (Gente Jovem) e as meninas, da *Jungmädel* (Meninas Jovens), antes de passarem para as organizações sênior.

Líder de Pelotão (*Jungzugführer*): Grupos de dez meninos na *Jungvolk* eram chamados de *Jungenschaft*, e os líderes eram escolhidos entre os mais velhos; quatro destes formavam uma unidade, chamada de *Jungzug*, ou pelotão.

Liga das Moças Alemãs: A *Bund Deutscher Mädel* (BDM) era o braço feminino da Juventude Hitlerista.

Linha Siegfried: Conhecida na Alemanha como Westwall, era uma linha de defesa que incluía túneis, abrigos e armadilhas para tanques, e que se estendia por quase 650 quilômetros na fronteira oeste da Alemanha. Foi construída na década de 1930, e em 1944 demandava considerável restauração.

Movimento Jovem: O Movimento Jovem Alemão foi fundado em 1896. Incluía várias associações de jovens, a exemplo dos Escoteiros e de grupos de trilha, como os *Wandervogel*. Alguns desses grupos se opuseram aos nazistas e, portanto, foram banidos, enquanto outros foram incorporados à Juventude Hitlerista.

Noite dos Cristais: Nos dias 9 e 10 de novembro de 1938, casas e empresas judaicas, assim como sinagogas, foram atacadas pela Alemanha. O nome, *Kristallnacht*, em alemão, justifica-se pela quantidade de janelas estilhaçadas. Muitas pessoas judias foram mortas ou presas.

Ortsgruppenleiter **(Líder de Grupo Local)**: Líder nazista de uma cidade, município ou distrito.

Ostarbeiter: O termo, que significa "Trabalhador do Leste", foi usado para se referir aos trabalhadores estrangeiros do Leste Europeu e da Europa Central levados à Alemanha, como escravizados, para trabalhar em fábricas, fazendas e lares particulares. Eram homens e mulheres, normalmente abrigados em campos de trabalho. Eram proibidos de socializar ou de ter qualquer contato com alemães.

Panzerfaust: Literalmente "punho de tanque", era uma arma antitanque de disparo único, semelhante a uma bazuca. Tratava-se de um tubo pequeno, pré-carregado, que disparava uma ogiva de alto-explosivo. No fim da guerra, estavam sendo usados por adolescentes da JH para tentar conter os tanques dos Aliados.

Patrulha: O *Streifendienst* (Serviço de Patrulha) da Juventude Hitlerista era uma espécie de polícia interna usada para manter a ordem na JH e delatar deslealdade.

Pimpfenprobe: A prova de iniciação para garotos que entravam na *Jungvolk*.

Rádio Nippes: Nome engraçado para a BBC em Colônia. Nippes é um distrito no norte de Colônia. Em séculos anteriores, ficava do outro lado da muralha da cidade, e, portanto, era usado como apelido jocoso para "estrangeiro".

Reichsbahn: A malha ferroviária estadual alemã.

Reichstag: O parlamento alemão e seu prédio em Berlim. Em 27 de fevereiro de 1933, o prédio do *Reichstag* foi incendiado. Um comunista alemão foi acusado de causar o incêndio, e Hitler usou o fato como desculpa para prender os membros do Partido Comunista. Após as eleições de março, o Partido Comunista foi banido.

Rosa Branca (*Weisse Rose*): Grupo de resistência liderado por estudantes da Universidade de Munique. Eles usaram panfletos e grafites para convocar oposição ao regime nazista. Seus líderes foram presos pela Gestapo em fevereiro de 1943. Hans e Sophie Scholl e Christoph Probst foram executados pouco depois.

SS: Sigla de *Schutzstaffel* (Esquadrão de Proteção). Inicialmente, um pequeno grupo de guarda-costas particulares de Hitler, que se tornou uma grande organização militar e paramilitar. A SS era responsável pela polícia, pelas políticas raciais e pelos campos de concentração e extermínio.

Verpflichtung der Jugend: Dia do Comprometimento Jovem, uma cerimônia com intenção de substituir os ritos religiosos, como a crisma, e marcar o momento de um garoto passar da seção juvenil à Juventude Hitlerista plena.

Völkischer Beobachter: O jornal diário do Partido Nazista; era violentamente antissemita, e fonte importante de propaganda nazista.

Volkssturm: A guarda interior, estabelecida em outubro de 1944, composta principalmente por homens mais velhos e meninos jovens.

Compartilhando propósitos e conectando pessoas
Visite nosso site e fique por dentro dos nossos lançamentos:
www.gruponovoseculo.com.br

- facebook/novoseculoeditora
- @novoseculoeditora
- @NovoSeculo
- novo século editora

gruponovoseculo.com.br

Edição: 1.ª edição
Fonte: Source Serif Pro e Calluna